FÓRA DE XOGO

Edición: Helena Pérez

Deseño da cuberta e interiores: Miguel A. Vigo

Maquetación: Bernardo Menduíña

Produción: Antón Pérez/Teresa Rodríguez Martínez

1ª edición: Abril, 1999
2ª edición: Xuño, 2001
3ª edición: Xullo, 2002
4ª edición: Setembro, 2004

Título orixinal: *The catcher in the rye*
© 1945, 1946, 1951 by J. D. Salinger
©renewed 1973, 1974, 1979 by J. D. Salinger
© da traducción para o galego: Xosé Ramón Fernández Rodríguez
© Edicións Xerais de Galicia, S. A., 1999
Dr. Marañón, 12. 36211 VIGO.
xerais@xerais.es
ISBN: 84- 8302-365-2
Depósito Legal: VG. 778-2004
Printed in Spain
Impreso en Gráficas Varona, S. A.
Pol. Ind. El Montalvo, P.49 N. 3
37008 Salamanca

FÓRA DE XOGO

O vixía
no centeo

J. D. Salinger

Traducción:
Xosé Ramón Fernández Rodríguez

XERAIS

SE realmente queredes saber de que vai esta historia, a primeira cousa que debe interesarvos é onde nacín e como foi a miña piollosa infancia, en que andaban atarefados meus pais antes de eu vir ó mundo e todas esas paridas estilo David Copperfield. Pero non me sinto como para meterme niso. En primeiro lugar, abúrreme, e en segundo, ós meus pais daríalles unha tarantela a cada un se eu contase algo persoal sobre eles. Son moi melindreiros para estas cousas, especialmente meu pai. Son boa xente e todo iso, non digo que non, pero melindreiros coma o demo. Ademais, non vos vou contar toda a miña puñeteira autobiografía nin nada semellante. Só vos contarei a loucura aquela que me pasou no Nadal, antes de me pór moi malo e ter que vir para aquí a recuperarme. Quero dicir que isto é todo o que lle contei a D.B., e iso que é o meu irmán. Está en Hollywood, que non queda moi lonxe deste sitio merdeiro, e vénme visitar case tódalas fins de semana. Vaime levar para a casa no seu coche cando saia de aquí o mes que vén, quizais. Ten un Jaguar, un deses pequenos trastos ingleses que poden andar a máis de duascentas millas por hora. Custoulle case catro mil pavos. Ten moita pasta agora, o D.B. Antes non tiña tanta. Era só un escritor regular, cando estaba na casa. Escribiu aquel libro de contos tan flipante, *O Peixe Secreto*, que non sei se oístes falar del. O mellor dos contos era *O Peixe Secreto*. Falaba dun neno pequeno que non deixaba ve-lo seu peixe a ninguén porque o mercara co seu propio diñeiro. Gustoume moito. Agora está alá, prostituíndose en Hollywood, o D.B. Se hai unha cousa que me dá noxo é o cine. Nin mo mentedes.

Onde quero empezar a contar é no día que deixei Pencey Prep. Pencey Prep é aquela escola que está en Agerstown, Pennsylvania. Supoño que oiriades falar dela. Polo menos veriáde-los anuncios. Anúnciase nunhas mil revistas. Sempre amosando un tipo a tope montado nun cabalo chimpando por riba dun valo. Coma se a única cousa que se fixese en Pencey fose xogar ó polo todo o tempo. Nunca, nin unha vez, vin eu un cabalo, nin sequera preto do lugar. E debaixo do cadro do home no cabalo di: "Dende 1888 estamos a moldear ós nenos para facelos homes espléndidos, de claro pensamento". Paridas. Non fan máis moldeo en Pencey do que fan en calquera outra escola. E non coñecín ninguén alí que fose espléndido nin de claro pensamento nin nada. Quizais dous tíos, ou nin iso. E probablemente xa fosen así cando viñeron a Pencey.

En fin, era o sábado do partido de fútbol con Saxon Hall. O partido con Saxon Hall era un asunto importante en Pencey. Era o derradeiro partido do ano e supúñase que un debía suicidarse ou algo así se Pencey non gañaba. Lembro que sobre as tres daquela tarde estaba eu alá arriba, no quinto carallo, na punta de Thomsen Hill, xusto ao ladiño daquel estúpido canón dos tempos da Guerra Revolucionaria. Podíase ve-lo campo todo dende alí, e os dous equipos a bater uns nos outros. Non se vía a tribuna demasiado ben, mais oíase o griterío, profundo e tremendo do lado de Pencey, pois practicamente a escola enteira menos eu estaba alí, e apagado e amariconado do lado de Saxon Hall, xa que o equipo visitante case nunca traía moita xente con eles. A penas había rapazas nos partidos de fútbol. Só os maiores podían levar rapazas. Era unha escola terrible, mirárase por onde se mirase. Gústame estar en sitios onde polo menos podes ver mozas de vez en cando, aínda que só anden a raña-los brazos ou a soa-lo nariz ou a rir coma parvas. Selma Thurmer —era a filla do director– aparecía ás veces nos partidos, aínda que non era exactamente como para volver a un tolo de desexo. Con todo, era xeitosa. Unha vez fun sentado ao seu lado no bus dende Agerstown e case tivemos unha conversa. Gustábame. Tiña o nariz grande e as uñas todas mordidas, e levaba aquel puñeteiro sostén falso cunha teta apuntando para cada lado. Mais a un dáballe pena. O que me gustaba dela era que non te amolaba falando do gran tipo que era seu pai. Probablemente sabía o burro e hipócrita que el era.

A razón pola que eu estaba alá arriba, en Thomsen Hill, e non alá abaixo, no partido, era porque acababa de voltar de Nova York co equipo de esgrima. Eu era o entrenador do equipo de esgrima. Cousa importante. Foramos a Nova York aquela mañá para o encontro de esgrima coa Escola McBurney. E non houbo encontro. Deixei os floretes e o material todo no carallo do metro. Non foi toda a culpa miña. Tiña que andar a erguerme a mira-lo mapa para saber onde tiñamos que baixar. Así que voltamos a Pencey alá contra as tres e media, e non para cear. Na viaxe de volta, no tren, os outros nin me falaban. A outra razón pola que non estaba abaixo, no partido, era porque ía de camiño a dicirlle adeus ao vello Spencer, o meu profesor de Historia. Tiña a gripe e tal, e figurábame que non o había de ver ata que as vacacións do Nadal empezasen. Escribiume unha nota dicíndome que quería verme antes de que me fose para casa. Sabía que eu non voltaría a Pencey.

Esquecíame contarvos isto. Botáronme de Pencey. Supúñase que xa non voltaría despois do Nadal, pois cargara catro materias e non me aplicaba nada de nada. Dábanme frecuentes avisos para que empezase a aplicarme —especialmente no medio dos trimestres, cando os meus pais viñan para unha conferencia co vello Thurmer— pero eu pasaba. Así que, déronme a patada. Danlle a patada a bastantes rapaces en Pencey. Ten un bo nivel académico, Pencey. De verdade que si. De calquera xeito, era decembro e tal, e ía frío como na teta dunha bruxa, especialmente na punta daquel estúpido outeiro. Só levaba posto o meu canguro e nin as luvas tiña. A semana anterior alguén roubara do meu cuarto o meu abrigo de pelo de camelo, coas miñas luvas de pel nos petos. Pencey estaba cheo de ladróns. Moitos tíos viñan de familias con pasta, pero era igual, estaba cheo de mangantes. Canto máis cara é unha escola, máis mangantes hai. E non estou de coña. Con todo, eu seguía alí, do lado do canón, e co cu xeado. Ora ben, non miraba moito para o xogo. Ao que realmente andaba era a tratar de ter unha sensación de despedida. Quero dicir que teño deixado escolas e sitios sen tan sequera decatarme de que me ía deles. E dáme noxo. Non me importa que sexa un adeus triste ou un adeus malo, pero cando me vou dun lugar gústame saber que me vou. Se non é así, un séntese aínda peor.

Tiven sorte. De repente pensei en algo que me axudou a saber que me botaban. Lembrei aquela vez, alá por outubro, cando eu, Robert Tichener e mais Paul Campbell estabamos a darlle ó balón. Poñíase de cada vez máis escuro, xa a penas podiamos ve-la pelota, mais non podiamos parar de face-lo que estabamos facendo. Por fin tivemos que parar. Aquel profesor que daba Bioloxía, Mr. Zambesi, sacou a testa pola fiestra do edificio académico e díxonos que liscasemos de volta para o dormitorio a prepararnos para cear. Se me lembro deste tipo de cousas, podo ter unha sensación de adeus cando a necesito, polo menos as máis das veces podo. En canto a sentín, dei a volta e botei a correr polo outro lado do outeiro cara abaixo, cara á casa do vello Spencer. Non vivía no campus. Vivía na Avenida Anthony Wayne.

Corrín todo o camiño ata a cancela e, logo, esperei un segundo para recobra-lo alento. Non teño moito fol, se queredes sabe-la verdade. Son un empedernido fumador; quero dicir que o era antes. Fixéronme deixalo. Outra cousa, medrei seis pulgadas e media o ano pasado. Por iso foi que tamén collín a T.B. e tiven que vir aquí para todos estes chequeos e tal. Agora estou moi san.

De tódolos xeitos, en canto recobrei o alento corrín pola Rúa 204. Estaba xeada coma o demo, e case caín. Aínda non sei por qué carallo corría —supoño que porque me petaba—. Despois de cruza-la rúa, sentín como que estaba desaparecendo. Era unha desas tardes tolas, terriblemente frías, sen sol e sen nada, e un sentía que podía desaparecer cada vez que cruzaba unha rúa.

Tío, deille ó timbre rápido cando cheguei á casa do vello Spencer. Estaba case xeado. Doíanme as orellas e a penas podía move-los dedos. "Veña, veña", dicía case en alta voz, "que alguén abra a porta". Por fin a Sra.

Spencer abriu. Non tiña criada nin nada, e sempre abrían eles mesmos. Non tiñan demasiada pasta.

—Holden –dixo a Sra. Spencer–. ¡Canto me alegro de verte! Entra, meu rei. ¡Estás morto de frío! –Penso que estaba contenta de verme. Gustáballe eu. Polo menos iso creo.

Tío, que rápido me metín na casa.

—¿Como lle vai, Sra. Spencer? ¿Como está o Sr. Spencer?

—Déixame que che colla o gabán, meu rei. –Non me oíu preguntar como estaba o Sr. Spencer. Era un pouco xorda. Colgou o meu gabán na entrada, e eu peiteei un pouco o cabelo para atrás coa man. Case sempre levo o pelo curto e non o teño que peitear moito.

—¿Como vai todo, Sra. Spencer? –dixen outra vez, pero máis alto, para que me oíse.

—Vai ben, Holden. –Pechou a porta do armario–. ¿E como che vai a ti? –Polo xeito de me preguntar souben que o vello Spencer xa lle contara que me botaran da escola.

—Moi ben. ¿Como lle vai ó Sr. Spencer? ¿Xa lle pasou a gripe?

—¡Pasarlle, Holden! Estase portando coma un perfecto... non sei que... Está no seu cuarto, meu rei. Vai alá.

Capítulo 2

CADA un tiña o seu cuarto e todo. Tiñan os dous uns setenta anos, ou máis, pero aínda lle sacaban partido ás cousas —dun xeito parvo, dende logo—. Xa sei que soa mesquiño, mais non o digo nese sentido. O que digo é que eu pensaba moito no vello Spencer, e se pensabas demasiado nel, preguntábaste para qué seguía vivindo. Quero dicir que estaba todo chepudo e con aquela postura terrible; e na clase, cando lle caía o xiz das mans, sempre tiña que erguerse algún rapaz da primeira fileira para recollerllo. Na miña opinión iso é tremendo. Pero se pensabas nel só un pouco, e non demasiado, podías decidir que non o estaba facendo mal. Por exemplo, un domingo no que outros rapaces e mais eu foramos por alí para tomar un chocolate quente, amosounos aquela manta toda esfiañada que lle mercara a un indio no Parque de Yellowstone. E podíase ver que o vello Spencer pasárao moi ben cando a mercou. Iso é o que digo. Colles a alguén máis vello có demo, coma o vello Spencer, e resulta que o pasa como un anano mercando unha manta.

A súa porta estaba aberta, mais eu, aínda así, chamei, para ser bencriado. Podía velo dende fóra. Estaba sentado nunha grande cadeira de coiro, todo embrullado na manta da que vos falaba. Mirou para min cando chamei.

—¿Quen é? –berrou–. ¿Caulfield? Pasa, rapaz. –Sempre andaba berrando fóra da clase. Ás veces fartábao a un.

Ó momento de entrar xa empecei a lamentalo. Estaba a le-lo *Atlantic Monthly*, e había píldoras e medicinas por todas partes, e cheiraba a gotas Vicks para o nariz. Era moi deprimente. A min non me interesa moito a xente enferma. E o que era aínda peor, o vello Spencer tiña posta aquela bata vella coa que seguramente xa nacera ou algo así. Non me gusta mirar ós vellos en pixamas ou batas. Sempre lle saen para fóra o peito inchado e mailas pernas. As pernas dos vellos, nas praias e noutros sitios, parecen tan brancas e tan espeluxadas...

—Hola, señor. Déronme a súa nota. Moitas gracias. –Escribírame aquela nota pedíndome que parase a dicirlle adeus antes de que empezasen as vacacións, pois eu xa non había voltar–. Non tiña que facer iso. Eu ía vir de todos modos.

—Toma asento, rapaz –dixo o vello Spencer. Quería dicir na cama. Eu sentei nela.

—¿Como vai a súa gripe, señor?

—Meu fillo, se me sentise mellor tería que mandar polo médico. –Iso fíxolle moita gracia. Empezou a rir coma un tolo. Logo, por fin, estirouse e dixo: –¿Por que non estás no partido? Pensei que este era o día do gran partido.

—É, só que eu volvín agora de Nova York co equipo de esgrima. –Tío, a súa cama era coma unha pedra.

Empezou a porse serio coma unha pedra. Eu xa sabía que se poría así.

14

—Logo vasnos deixar, ¿eh?

—Si, señor. Seica si.

E empezou coa súa rotina de move-la testa de arriba para baixo. Nunca houbo ninguén que movese tanto a testa coma o vello Spencer. Nunca sabías se a movía porque estaba pensando e tal, ou só porque era un vello que non sabía nin onde tiña o cu.

—¿Que che dixo o Dr. Thurmer, chaval? Seica tivestes unha pequena charla.

—Tivemos. Si que tivemos. Estiven na súa oficina unhas dúas horas, penso.

—¿E que che dixo?

—Ouh... Ben, que a Vida era un xogo e todo iso. E que había que xogar de acordo coas regras. Foi moi amable. Ou sexa, que non deu golpes contra o teito nin nada. Só seguiu a falar de que a vida era un xogo e tal. Vostede xa sabe.

—A vida *é* un xogo, rapaz. A vida *é* un xogo que un xoga de acordo coas regras.

—Si, señor, xa sei que si. Xa o sei.

Xogo, o carallo. Se estás do lado no que se comen tódolos roscos entón si que é un xogo, iso admítoo. Pero se estás do *outro* lado, onde non hai roscos para comer, entón ¿de que? Nada. Non hai xogo.

—¿E o Dr. Thurmer xa lle escribiu ós teus pais? –preguntoume o vello Spencer.

—Dixo que ía escribirlles o luns.

—¿E ti xa te comunicaches con eles?

—Non, señor. Non me comuniquei con eles porque xa os verei o mércores cando chegue á casa.

—¿E como pensas que van toma-la nova?

—Ben, supoño que se van encabuxar... Van, van. Esta vén se-la cuarta escola á que vou. –Meneei a testa. Eu meneo moito a testa–. Tío –dixen. Tamén digo moito "tío". En parte porque teño un vocabulario piolloso e en parte porque ás veces actúo coma se fose máis pequeno do que son. Daquela tiña dezaseis anos, e agora teño dezasete, e ás veces parece que teño trece. E é realmente pavero, porque mido seis pés e dúas polgadas e media e teño pelo gris. De verdade que si. Un lado da miña testa (o dereito) está cheo de millóns de cabelos grises. Téñoos dende que era un neno. E sen embargo aínda actúo ás veces coma se tivese doce. Todo o mundo o di, especialmente meu pai. E en parte é verdade. Pero non *todo* verdade. A xente sempre pensa de calquera cousa que é *todo* verdade. Importaríame un carallo, se non fose porque ás veces me aburro de que a xente me diga que teño que parecer maior. Ás veces actúo coma se fose moito maior do que son, abofé que si, pero a xente non o nota. A xente nunca nota nada.

O vello Spencer empezou a menea-la testa outra vez. Tamén empezou a mete-lo dedo no nariz. Facía coma que só beliscaba, pero a verdade é que metía ata o polegar. Supoño que pensaba que daba igual facelo porque só eu estaba alí no cuarto. A min non me importaba, pero dá noxo mirar a alguén que está a mete-lo dedo no nariz.

Logo dixo:

—Tiven o privilexio de coñecer á túa nai e ó teu pai cando tiveron a súa pequena charla co Dr. Thurmer hai unhas semanas. Son grandes persoas.

—Si que o son. Están ben...

Grandes. Velaí unha verba que odio de verdade. É falsa. Podería vomitar cada vez que a escoito.

E logo, de súpeto, o vello Spencer seica tiña algo moi bo, moi agudo para dicirme. Sentouse dereito na súa cadeira e moveuse ó redor. Pero era unha falsa alarma. Todo o que fixo foi apaña-lo *Atlantic Monthly* do colo e tentar tiralo na cama, xusto ó meu lado. Fallou. Por un par de polgadas, pero fallou. Eu erguinme, recollino e púxeno no leito. E entón quixen saír a toda présa do cuarto. Sentín que me ía dar un coñazo de conferencia. Non é que me importase moito, mais non quería atura-la conferencia e cheira-las gotas Vicks do nariz e mirar ó vello Spencer co pixama e a bata, todo ó mesmo tempo. De verdade que non.

E empezou.

—¿Que che pasa, rapaz? ¿Cantas materias tiñas este trimestre?

—Cinco, señor.

—Cinco. ¿E cantas vas suspender?

—Catro. —Movín o cu un pouco na cama. Era a cama máis dura que nunca vira—. Pasei ben o Inglés —dixen— porque xa dera todo iso do *Beowulf* e *O Meu Fillo Randal* cando estivera na Escola Whooton. Quero dicir que non tiven que facer ningún traballo en Inglés, excepto escribir algunha redacción de cando en vez. —El nin tan sequera estaba escoitando. Case que nunca te escoitaba cando lle dicías algo.

—Cateeite en Historia simplemente porque non sabías absolutamente nada.

—Xa o sei, señor. Xa o sei. Non podía evitalo.

—Absolutamente nada —volveu dicir. Iso é unha cousa que me pon tolo. Cando a xente di algo dúas veces dese xeito, despois de que ti xa o admitíche-la primeira vez. E aínda o dixo *tres* veces—: Pero absolutamente nada. Dubido moito que abríse-lo libro unha soa vez en todo o trimestre. ¿Abríchelo? Di a verdade.

—Ben, boteille unha ollada un par de veces —respondín. Non quería feri-los seus sentimentos. Estaba tolo pola Historia.

—Unha ollada, ¿eh? –dixo con retranca–. O teu, ah, exame está alí enriba da cómoda. Enriba de todos. Tráeo para aquí, por favor.

Era unha negra trafulgada, pero fun e tróuxenllo, non tiña outra alternativa. Logo sentei na súa cama de cemento outra vez. Tío, non podedes imaxinar como lamentaba ter parado alí a dicirlle adeus.

Empezou a manexa-lo meu exame coma se fose unha bosta.

—Estudiámo-los exipcios dende o 4 de novembro ata o 2 de decembro. Ti *elixiches* escribir sobre eles na pregunta optativa do exame. ¿Importaríache escoita-lo que tal puxeches?

—Non, señor. Non moito –dixen.

Leuno de tódolos xeitos. Non se pode parar a un mestre cando quere facer algo. Simplemente faino.

—Os exipcios eran unha anterga raza de caucásicos que residían nunha das zonas do norte de África. Este, como todos ben sabemos, é o continente máis grande do hemisferio oriental.

Eu tiña que estar alí sentado a escoitar aquela merda. De verdade que era unha negra trafulgada.

—Os exipcios son extremadamente interesantes para nós hoxe por varias razóns. Á ciencia moderna aínda lle gustaría saber cales eran os ingredientes secretos que os exipcios usaban para envolve-los mortos de xeito que a cara non lles apodrecese durante innumerables séculos. Este interesante enigma aínda é un desafío para a ciencia do século vinte.

Parou de ler e baixou o papel. Eu estaba empezando a odialo.

—O teu *exame*, chamémoslle así, termina aquí –dixo coa súa voz sarcástica. Non imaxinariades que un fulano tan vello puidese ser tan sarcástico–. Pero puxéchesme unha pequena nota ó final da páxina.

—Xa o sei. –Díxeno moi rápido porque non quería que empezase a ler *aquilo* en alto. Pero non podía parar. Estaba quente coma un petardo.

—Querido Sr. Spencer –leu en alto–, iso é todo o que sei sobre os exipcios. Non parece que me interesen moito aínda que as súas clases son moi interesantes. Por min está ben que me suspenda pois vou suspender todo menos Inglés de tódalas maneiras. Con todo o respecto, Holden Caulfield. –Puxo por alí o condenado exame e mirou para min coma se me acabase de gañar ó ping-pong ou algo así. Non penso que lle vaia perdoar nunca lerme aquela merda en alto. Eu non llo lería a *el* se fose *el* quen o escribise. De verdade que non. Para empezar, eu só escribira a tal nota para que non se sentise mal cateándome.

—¿Bótasme a culpa por suspenderte, rapaz?

—¡Non, señor! ¡Certamente que non! –Xa estaba farto de que me chamase "rapaz" todo o tempo.

Tratou de bota-lo exame na cama outra vez cando terminou, pero volveu fallar, naturalmente. Tiven que erguerme de novo e recollelo e poñelo enriba do *Atlantic Monthly*. É *aburrido* ter que facer iso cada dous minutos.

—¿Ti que farías no meu lugar, rapaz? Di a verdade.

Ben; podíase ver que o vello se sentía mal por suspenderme. Así que, deille vara un rato. Díxenlle que eu era un imbécil e todo iso. E que se estivese na súa situación faría exactamente o mesmo, e que a xente non apreciaba o duro que era ser mestre. Todo ese tipo de cousas. O vello burro.

O curioso é que eu estaba pensando noutra cousa. Eu vivo en Nova York, e estaba pensando na lagoa de Central Park, preto de Central Park South. Imaxinaba se estaría xeada cando eu chegase á casa, e se estaba, ónde irían os patos. Preguntábame se un fulano viría e os metería a todos nun camión ou algo así, para levalos a un zoo. Ou se marchaban voando a outra parte. Teño sorte, sen embargo. Quero dicir que podía falar ó vello Spencer e pensar nos patos, todo á vez. É gracioso. Non hai que pensar moito para falarlle a un mestre. Mais, de repente, interrompeume. Sempre andaba a interromper.

—¿Como te *sentes* con todo isto, rapaz? Estaría moi interesado en sabelo. Moi interesado.

—¿Quere dicir con marchar de Pencey e tal? –Quería que cubrise o seu peito inchado. Non era unha fermosa visión.

—Se non me trabuco, tamén tiveches algunhas dificultades na escola Whooton e en Elkton Hills. –Non o dixo só en plan sarcástico, senón tamén desagradable.

—Non tiven moitas dificultades en Elkton Hills. Non me botaron por suspender. Simplemente marchei.

—¿E por que, se podo preguntar?

—¿Por que? Ouh, ben, é unha longa historia, señor. Quero dicir que é moi complicada. –Non me apetecía meterme naquilo con el. De tódolos xeitos non o había de entender. Unha das maiores razóns polas que me fora de Elkton Hills era que estaba rodeado de xente moi falsa. Iso é todo. Por exemplo, tiñan aquel director, Mr. Haas, que era o máis falso fillo de puta que atopei na miña vida. Dez veces peor có vello Thurmer. Os domingos, por exemplo, o vello Haas ía por alí dándolle a man ós pais de todo o mundo, cando se achegaban ata a escola. E estaba encantador coma o demo. Excepto se algún rapaz tiña uns pais vellos con pinta de parvos ou así. Teriades que ver como se comportaba cos pais do meu compañeiro de cuarto. Quero dicir que se a nai dun rapaz era un pouco gorda ou ridícula e se o pai dalgún era un deses tíos que levan traxe con ombreiras grandes ou zapatos brancos e pretos, entón o vello Haas dáballe a man a correr, botáballes un sorriso falso e marchaba a falar polo menos media hora cos pais de algún outro. Non aturo iso. Ponme malo. Deprímeme tanto que toleo. Odiaba aquela maldita escola de Elkton Hills.

O vello Spencer preguntoume algo, pero non o oín. Estaba pensando no vello Haas.

—¿Que, señor?

—¿Sentes algunha pena por deixar Pencey?

—Ouh, sinto algunha pena, desde logo. Seguro... Pero non demasiada. Aínda non, polo menos. Supoño que aínda non me afectou. Lévame algún tempo que me afecten as cousas. Todo o que penso agora é en ir á casa o mércores. Son un imbécil.

—¿Non tes ningunha preocupación polo teu futuro, rapaz?

—Ouh, si que teño algunha preocupación polo meu futuro. Claro. Claro que si. —Pensei un minuto—. Mais non demasiada, supoño. Non demasiada.

—Xa a terás, rapaz. Xa a terás. Terala cando sexa tarde de máis.

Non me gustou oírlle dicir aquilo. Era moi deprimente.

—Supoño que si —comentei.

—Gustaríame poñer un pouco de sentido nesa cabeciña túa, rapaz. Estou tratando de axudarche. Estou tratando de *axudarche* se é que podo.

De verdade que estaba. Ben se vía. Pero é que ficabamos en lados demasiado opostos, iso era todo.

—Xa o sei, señor. Moitas gracias. Sen bromas. De verdade que o aprecio. De verdade que si. —Entón

21

erguinme da cama. Tío, non aturaba sentado alí dez minutos máis nin que me fose a vida niso–. Pero é que teño que marchar agora. Teño moitas cousas no ximnasio que hei de levar para casa. De verdade que si. –Miroume e empezou a menea-la testa de novo con aquela ollada seria. Sentín moita pena por el, de repente. Mais non podía ficar alí máis tempo, tal como estabamos en lados contrarios, co vello sempre a fallar cada vez que tiraba un papel á cama, e coa súa vella e triste bata co peito por fóra, e con aquel cheiro a gotas Vicks para o nariz por todo o cuarto–. Mire, señor. Non pase medo por min. Eu hei de estar ben. Só estou pasando agora por unha etapa: ¿pásalle a todo o mundo, non?

—Non sei, rapaz. Non sei.

Odio cando alguén responde dese xeito.

—Claro, claro que si. Por favor, señor. Non pase medo por min.

Púxenlle a man no lombo.

—¿De acordo? –dixen.

—¿Non che gustaría unha taza de chocolate quente antes de irte? A Sra. Spencer estaría...

—Gustaríame, realmente gustaríame, pero é que teño que marchar. Teño que ir ó ximnasio agora mesmo. Moitas gracias, moitas gracias, señor.

Despois démono-la man. E toda esa merda. Fíxome sentir triste coma o demo.

—Xa lle escribirei, señor. Teña coidado coa súa gripe, agora.

—Adeus, rapaz.

Logo que pechei a porta e empecei a andar para a sala; aínda berrou algo, pero non o oín exactamente. Estou seguro de que dixo "Boa sorte". Espero que non. Eu nunca lle berraría "Boa sorte" a ninguén. Soa horrible, se paras a pensalo.

CAPÍTULO 3

SON o máis grande mentireiro que poidades imaxinar. É tremendo. Se vou camiño da tenda a mercar unha revista e alguén me pregunta a onde vou, pódolle dicir perfectamente que vou á ópera. É terrible. Ou sexa, que cando lle dixen ó vello Spencer que tiña que ir ó ximnasio a colle-lo meu equipo e tal, era todo mentira. Nin sequera deixo o meu equipo no ximnasio.

En Pencey vivía nos novos dormitorios, na Ala Ossenburguer Memorial. Só eran para *juniors* e *seniors*. Eu era *junior*. O meu compañeiro de cuarto era *senior*. O nome viña daquel fulano Ossenburguer que fora a Pencey. Fixo moitos cartos no negocio das pompas fúnebres cando saíu de Pencey. O que fixo foi que empezou a montar por todo o país eses salonciños fúnebres nos que podes enterrar a tódolos membros da familia a cinco pavos cada un. Tiñades que ver ó tal Ossenburguer. Seguro que vos mete a todos nun saco e chímpavos ó río. Pero o caso é que lle deu a Pencey moito diñeiro e, daquela, puxéronlle o seu nome a aquela ala. Cando o primeiro partido de fútbol do ano, veu á escola no seu grande Cadillac, e todos tivemos que erguernos na tribuna e darlle un locomotivo

23

—que significa, unha ovación—. Logo, á mañá seguinte, botou un discurso na capela que durou unhas dez horas. Empezou largando uns cincuenta chistes horteras para amosa-lo grande tío que el era. Logo deu en contar que, cando estaba nun apuro, nunca tiña vergoña de axeonllarse e rezar a Deus. Dixo que deberiamos rezar a Deus —falarlle a El e todo— onde queira que estivesemos. Díxonos que tiñamos que pensar en Cristo coma nun compañeiro máis e que *el* falaba con Xesús todo o tempo. Mesmo cando estaba a conduci-lo coche. Aquilo matoume de risa. Xa imaxinaba a aquel falso fillo de puta metendo a primeira e pedíndolle a Xesús que lle mandase uns poucos fiambres máis. A única parte boa do discurso foi na metade. Estaba a dicírno-lo gran tío que era e os moitos roscos que comía e todo, e entón, de repente, o fulano que estaba sentado na fileira diante da miña, Edgar Marsalla, botou un peido. Foi unha cousa un pouco dura, na capela e tal, pero para escarallarse. O vello Marsalla. Por pouco tira abaixo o teito. A penas ningún riu alto... O Ossenburguer fixo coma que nin sequera oíra, pero o vello Thurmer, do director, estaba sentado ó seu lado, e ben se vía que *el* si oíra. Tío, estaba amargado. Non dixo nada entón, pero á noite seguinte púxonos estudio obrigatorio no edificio académico e veu e botounos outro discurso. Dixo que o rapaz que creara o trastorno na capela non encaixaba en Pencey. Nós queriamos que o vello Marsalla botase outro, xusto mentres o vello Thurmer largaba o rollo, mais non estaba no momento. En fin, que aí era onde eu vivía en Pencey, nos novos dormitorios, na Ala en recordo do vello Ossenburguer.

Foi estupendo voltar ó meu cuarto, logo de deixar ó vello Spencer, pois todo o mundo estaba alá abaixo, no partido, e a calefacción estaba prendida no dormitorio, para variar. Quitei o abrigo e maila gravata, desabotoei a camisa e puxen aquel sombreiro que mercara en Nova York pola mañá. Era unha pucha de caza cunha viseira moi, moi longa. Mireina no escaparate daquela tenda de deportes cando saímos do metro, xusto despois de darme de conta de que perdera tódolos condenados floretes. Só me custara un pavo. O xeito en que a levaba era dada volta, coa viseira para atrás —moi hortera, admítoo, pero gustábame así—. Quedábame ben dese xeito. Despois collín un libro que estaba a ler e sentei na miña cadeira. Había dúas cadeiras en cada cuarto. Eu tiña unha, e o meu compañeiro, Ward Stradlater, outra. As rilleiras estaban desfeitas, porque todo o mundo andaba sempre a sentarse nelas, pero eran unhas cadeiras moi confortables.

O libro que estaba a ler era aquel que collera da biblioteca por erro. Déranme o que non era, e non me dei de conta ata que cheguei ó meu cuarto. Déranme *Fóra de África* de Isak Dinesen. Pensei que ía ser un libro apestoso, mais non era. Era moi bo. Eu non son moi literato, pero leo bastante. O meu autor favorito é o meu irmán, e despois Ring Lardner. O meu irmán deume un libro de Ring Lardner no meu cumpreanos, xusto antes de ir a Pencey. Tiña aquelas comedias tolas, e logo tiña aquela historia dun garda de tráfico que se namora daquela rapaza tan curriña que sempre conduce moi rápido. O que é que está casado, o garda, así que non pode casar con ela nin nada. Logo a rapaza morre, porque sempre vai demasiado rápido. Ese conto case me mata do que me gustou. O que me gusta dun libro é que teña un pouco de gracia de vez en cando. Leo moitos libros clásicos, coma *A volta do nativo* e así, e gústanme, e tamén libros de guerra e de misterio, mais estes non me flipan a tope. O que realmente me flipa é ese libro que, cando rematas de lelo, quererías que o autor fose un bo amigo teu para poder chamalo por teléfono sempre que quixeses. Pero iso non pasa moitas veces. Non me importaría chamar a Isak Dinesen. Ou a Ring Lardner, aínda que D.B. díxome que xa morrera. Tamén hai outros libros, como *Da condición humana*, de Somerset Maugham. Lino o verán pasado. É un bo libro e todo, pero eu non chamaría a Somerset Maugham. Non sei. Non é o tipo de tío ó que chamaría, iso é todo. Mellor chamaría ó vello Thomas Hardy. Gústame aquela Eustacia Vye.

En fin, que puxen o meu sombreiro novo, sentei e empecei a ler aquel libro, *Fóra de África*. Xa o lera, pero quería ler certas partes outra vez. Levaba lidas unhas tres páxinas cando oín a alguén entrar polas cortinas da ducha. Xa sen mirar sabía quen era. Era Robert Ackley, o tío do cuarto do lado do meu. Había unha ducha entre cada dous cuartos naquela ala do edificio, e o Ackley metíaseme na habitación unhas oitenta e cinco veces ó día. Probablemente era o único tío en todo o edificio que non estaba no partido, á parte de min. Case nunca ía a ningures. Era moi peculiar. Era un *senior*, e levaba en Pencey catro anos, aínda que ninguén lle chamaba nunca outra cousa que non fora "Ackley". Nin sequera Herb Gale, o seu compañeiro de cuarto, lle chamaba nunca "Bob" ou "Ack". Se algunha vez casa, a súa muller chamaralle "Ackley". Era un deses tíos moi, moi altos, e co lombo redondo. Medía seis pés e catro polgadas. E cos dentes negros. En todo o tempo que estivo no cuarto ó lado do meu, nunca nin sequera unha vez o vin lava-los dentes. Sempre os tiña carricentos, horribles, e case che facía vomitar se o mirabas no comedor coa boca chea de puré ou chícharos ou calquera outra cousa. Ademais, tiña moitos foronchos, non só na fronte e no queixo, coma moitos rapaces, senón por toda a cara. E non só iso Tiña un carácter moi malo. Era un tío noxento. Para dici-la verdade, eu non estaba moi por el.

Sentía que estaba alí no borde da ducha, xusto detrás da miña cadeira botando unha ollada a ver se o Stradlater andaba preto. Odiaba a Stradlater, e nunca entraba no cuarto se o Stradlater estaba. Odiaba a case todo o mundo.

Baixou da ducha e entrou na habitación.

—Hola —dixo. Sempre o dicía coma se estivese tremendamente aburrido ou tremendamente canso—. Non quería que pensases que che viña facer unha visita nin nada. Quería que pensases que viña por erro. —¡Como era!

—Hola —dixen. Pero non levantei a ollada do libro. Cun tío coma Ackley, se levantába-la ollada do libro, estabas perdido. Estabas perdido de tódolos xeitos, mais ó mellor non tan rápido se non erguía-la ollada axiña.

Empezou a dar voltas polo cuarto, moi a modo, daquel xeito que sempre el facía, collendo cousas persoais da mesa ou de enriba da cómoda. Sempre collía as cousas persoais e ollábaas. Tío, como podía cabrealo a un ás veces.

—¿Como foi a esgrima? —Só quería que eu deixase de ler e divertirse. Importáballe un carallo a esgrima—. ¿Gañamos ou que?

—Ninguén gañou —dixen, pero sen levanta-la ollada.

—¿Que? —Sempre che facía dicir todo dúas veces.

—Non gañou ninguén. —Botei unha ollada para ver en que andaba a fozar na miña cómoda. Estaba mirando aquela foto da rapaza coa que eu saía ás veces en Nova York. Sally Hayes. Polo menos collera e mirara a condenada foto unhas cinco mil veces dende que eu a tiña. E logo sempre a poñía onde non era, cando remataba. Facíao a mantenta. Ben se miraba.

—¿Ninguén gañou? ¿E logo?

—Deixei os floretes e todo no metro. –Aínda non levantei a ollada.

—No metro, ¡por Cristo! ¿Perdéchelos, queres dicir?

—Metémonos no metro que non era. E tiña que andar a erguerme para ve-lo mapa na parede.

Achegouse e púxoseme no medio da luz.

—¡Eh! Xa levo lida unhas vinte veces esta mesma frase dende que chegaches.

Calquera que non fose Ackley entendería a indirecta. Pero el non.

—¿Pensas que chos farán pagar?

—Non sei, e impórtame un carallo. ¿Que tal se te sentas ou fas algo, Ackley, chaval? Estás xusto a quitarme a luz.

Non lle gustaba que lle chamasen "Ackley, chaval". Sempre me andaba a dicir que eu só era un neno porque tiña dezaseis e el tiña dezaoito. Poñíase tolo se lle chamabas "chaval".

Seguiu alí, de pé. Era exactamente o tipo de fulano que non se quitaba da luz se llo pedías. Ao final faríao, pero íalle levar moito máis tempo se llo pedías.

—¿E logo que estás a ler?

—Un libro.

Botoume o libro para atrás coa man para mira-lo que era.

—¿É bo?

—A frase que estou lendo é moi boa. –Podo ser moi sarcástico cando me sinto así. Pero non o entendeu. Empezou a dar voltas polo cuarto outra vez, collendo as miñas cousas, e as de Stradlater. Finalmente, pousei o libro no chan. Non se podía ler nada cun tío coma Ackley por alí. Era imposible. Boteime para abaixo na cadeira e mirei ó Ackley movéndose pola habitación coma se fose a súa. Estábame sentindo canso pola viaxe a Nova York, e empecei a bocexar. E logo, a face-lo parvo un pouco. Ás veces gústame face-lo parvo, só para non aburrir. O que fixen foi tirar da viseira do meu sombreiro de caza ó redor, e tapar con el os ollos. Dese xeito, non vía nada.

—Penso que me estou volvendo cego —dixen con aquela voz rouca—. Mamá, estase poñendo todo tan *escuro* aquí...

—Estás tolo. Xúroo por Deus —dixo Ackley.

—Mamá, dáme a man, ¿por que non me dá-la man?

—Por Cristo, ¡a ver se medras!

Empecei a apalpar diante de min, coma un cego, pero sen erguerme nin nada. E seguía:

—Mamá, ¿por que non me dá-la man? —Só estaba a face-lo parvo, naturalmente. Iso divírteme moito ás veces. Ademais, sabía que disgustaba ó Ackley. Sempre conseguía que xurdise en min o vello sádico. Era moi sádico con el moitas veces. Pero ó final, deixeino. Deille a volta á viseira da gorra outra vez, e relaxeime.

—¿De quen é isto? —dixo Ackley. Tiña na man a xeonlleira do meu compañeiro de cuarto. Aquel tío, Ackley, podía apañar calquera cousa. Podía botar man dos calzoncillos de calquera, ou o que fose. Díxenlle que era de Stradlater. Botouno na súa cama. Collérao da cómoda de Stradlater, así que botouna na súa cama.

Achegouse e sentou no brazo da cadeira de Stradlater. Nunca sentaba *na* cadeira. Sempre no brazo.

—¿Onde carallo mercaches esa pucha?

—Nova York.

—¿Canto?

—Un pavo.

—Roubáronte. –Empezou a limpa-las súas maldi-tas uñas cun misto. Sempre andaba a limpa-las uñas. Tiña gracia, dalgún xeito. Sempre andaba cos dentes carricentos, e coas orellas luxadas coma o demo, pero limpaba seguido as uñas. Supoño que pensaba que con iso xa era un tío aseado. Botoulle outra ollada á miña gorra mentres as limpaba–. Onde eu vivo poñe-mos esas puchas para ir cazar cervos. É unha pucha de cazar cervos.

—É o carallo. –Quiteina e mireina. Pechei un ollo coma se estivese espantado–. É un sombreiro de cazar xente. Eu cazo xente con este sombreiro.

—¿E a túa familia xa sabe que te botaron?

—Non.

—¿E onde vai o Stradlater?

—Alá abaixo, no partido. Ten unha cita. –Bocexei. Bocexaba todo o tempo. Por unha razón, que o cuarto estaba demasiado quente. Adurmiñábao a un. En Pen-cey, ou te conxelabas ou morrías de calor.

—O gran Stradlater –dixo Ackley–. Eh, déixame as túas tesoiras un segundo, ¿queres? ¿Telas a man?

—Non. Xa as gardei. Están enriba do armario.

—Cólleas un segundo, ¿queres? Quero cortar este cacho de uña.

Non lle importaba que un xa gardase todo e o tivese no alto do armario. Pero collinllas. E case me mato ó collelas. Cando abrín a porta do armario a raqueta de tenis de Stradlater –coa prensa de madeira e todo– caeu-me enriba da testa. Fixo moito barullo e doeume coma o raio. E case mata ó vello Ackley tamén. Empezou a rir con aquela voz súa de falsete. E seguiu rindo todo o tempo mentres eu sacaba a maleta e collía as tesoiras para el. Unha cousa así –un tío ferido na testa cunha pedra ou algo semellante– facía mexar de risa a Ackley.

—Tes un maldito sentido do humor, Ackley, chaval. ¿Sábelo? –deille as tesoiras–. Déixame se-lo teu *manager*. Metereite na radio.

Sentei na miña cadeira de novo, e el empezou a cortar aquelas uñas.

—¿E que che parece se úsa-la mesa? ¿Queres corta-las enriba da mesa? Non me apetece andar pisando os cachos das túas uñas esta noite. –Pero el seguía a corta-las enriba do chan. Que piollosas maneiras. De verdade.

—¿E quen é a cita de Stradlater? –Sempre andaba a interesarse por quen saía con Stradlater, aínda que non o puidese ver diante.

—Non sei. ¿Por que?

—Por nada, chaval. Non podo ver diante a ese fillo de puta. É un fillo de puta ó que non podo aturar.

—A el gústaslle ti. Díxome que pensa que es todo un príncipe. –Ás veces chámolle príncipe á xente, cando ando a face-lo parvo. Para non aburrirme.

—Ten esa actitude de superioridade todo o tempo. Non podo aturar a ese fillo de puta. Coma se...

—¿Importaríache corta-las uñas enriba da mesa? ¿Eh? Xa cho dixen unhas cincuenta...

—Ten esa maldita actitude superior. Non creo nin que sexa intelixente, o fillo de puta. El *pensa* que o é. El pensa que é o máis...

—¡Ackley! ¡Por Cristo! ¿Queres por favor corta-las uñas na mesa? Xa cho dixen cincuenta veces.

Empezou a corta-las uñas enriba da mesa, para cambiar. O único xeito de que fixese algo era berrándolle.

Mireino un intre. Logo dixen:

—A razón pola que non che cabe ben Stradlater é porque che dixo aquilo de que a ver se limpába-los dentes de vez en cando. El non quería insultarte. Non o dixo ben, pero non quería insultarte. O que quería dicir é que terías mellor pinta e sentiríaste mellor se limpáse-los dentes de vez en cando.

—Eu limpo os dentes. Non me veñas con esas.

—Non. Xa te teño visto, e non os limpas. –Non o dixen en plan desagradable. Dábame un pouco de pena, dalgún xeito. Quero dicir que non é moi agradable que alguén che veña dicir que non límpa-los dentes–. Stradlater é bo rapaz. Non é demasiado malo. Ti non o coñeces. Iso é o problema.

—Sigo mantendo que é un fillo de puta. Un fillo de puta gabacho.

—É gabacho, pero é xeneroso nalgunhas cousas. Realmente éo. Mira. Supoñamos que Stradlater levase unha gravata que che gustase a tope, só estou poñendo un exemplo. ¿Sábe-lo que faría? Deixaríacha enriba da cama ou algo así. Pero daríache a maldita gravata. Outros tíos o que farían é...

—O carallo –dixo Ackley–. Se eu tivese os cartos que ten el, tamén...

—Non, ti non. –Meneei a testa–. Ti non, Ackley, chaval. Se ti tivése-los seus cartos serías un dos maiores...

—Para de chamarme Ackley chaval, maldita sexa. Son o bastante vello para ser teu pai, piolloso.

—Diso nada. –Tío, ás veces podía ser insultante. Non perdía ocasión de lembrarche que ti tiñas dezaseis e el dezaoito.

—En primeiro lugar, non che deixaría entrar na miña condenada familia...

—Ben, só deixa de chamarme...

De sócato a porta abriuse e entrou o Stradlater, con moita présa. Sempre tiña moita présa. Todo era moi importante para el. Veu ata min e deume dúas palmadas na cara xogando, o que pode ser moi desagradable.

—Escoita —dixo—, ¿vas saír a algún sitio especial esta noite?

—Non sei. Puidera ser. ¿Que carallo pasa aí fóra? ¿Neva?

Tiña o abrigo todo cheo de neve.

—Si. Escoita, se non vas saír a ningún sitio especial, ¿que tal se me déixa-la túa chaqueta de dente de can?

—¿Quen gañou o partido?

—Aínda é o descanso. Nós ímonos —dixo Stradlater.

—¿Vas usa-la chaqueta de dente de can esta noite, si ou non? Caeume un pouco de merda na miña de franela.

—Non, pero non quero que ma estires toda cos teus malditos ombreiros —dixen. Eramos da mesma estatura, pero el pesaba dúas veces máis ca min. Tiña aqueles ombros tan anchos.

—Non cha estiro. —Foi para o armario con moita présa—. ¿Como vai a vida, Ackley? —díxolle a Ackley. Polo menos era un rapaz amistoso, o Stradlater. De certo era unha amizade un pouco falsa, pero polo menos sempre lle dicía ola a Ackley e tal.

Ackley botou unha especie de ruxido cando lle dixo "¿Como vai?" Non lle contestaba, pero non se atrevía a polo menos non rosmar. Logo volveuse cara a min:

—Voume. Véxote máis tarde.

—Moi ben. —Nunca me rompía o corazón cando regresaba para o seu cuarto.

O Stradlater empezou a quita-lo abrigo e a gravata e todo.

—Coido que me vou afeitar —dixo. Tiña moita barba. De verdade que si.

—¿Onde é a cita? —prequnteille.

—Estame esperando no Annex. —Foise do cuarto co neceser e maila toalla debaixo do brazo. Sen camisa nin nada. Sempre andaba co peito nu, porque pensaba que estaba moi ben feito. E era certo. Teño que admitilo.

CAPÍTULO 4

NON tiña nada especial que facer, así que baixei con el ata os lavabos a darlle ó bico mentres se barbeaba. Erámo-los únicos alí. Todo o mundo estaba aínda no partido. Facía unha calor de raios e as fiestras estaban embafadas. Había unhas dez piletas, todas contra a parede, e a de Stradlater xusto no medio. Eu senteime na do lado e empecei a abrir e a pecha-la auga fría, este hábito nervioso que teño. Stradlater asubiaba a *Canción da India* mentres se barbeaba. Sempre asubiaba mal, e fóra de ton, e escollía unha desas cancións que de todos modos non hai quen as asubíe, como a *Canción da India* ou a *Matanza na Avenida Dez*. Verdadeiramente podía escarallar unha canción.

¿Recordades que antes vos dixen que Ackley era un porco nos seus hábitos persoais? Ben, pois igual Stradlater, pero dun xeito distinto. Stradlater era un porco en segredo. Sempre traía boa pinta, o Stradlater, pero tiñades que ve-la navalla coa que se afeitaba, por exemplo. Enferruxada a máis non poder, e toda chea de escuma, e pelos, e merda. Nunca a limpaba nin nada. Tiña boa pinta cando acababa de arreglarse, pero era un porco en segredo de tódolos xeitos, se o coñecías como eu o coñecía. A razón pola que se arreglaba tanto era porque estaba moi namorado de si. Pensaba que era o tío máis guapo do Hemisferio Occidental. Era guapo, iso é certo. Mais era esa clase de tío guapo que se os teus pais o mirasen no Libro do Ano, habían de dicir: "¿Quen é *este* rapaz?" Quero dicir que era maiormente a clase de tío guapo que aparece no Libro do ano. Coñecía moitos tíos en Pencey que eran moito máis guapos que Stradlater, pero que non parecerían guapos se aparecesen no Libro do Ano. Igual tiñan o nariz grande ou as orellas saíanlles para fóra. Tiven esa experiencia moitas veces.

En fin, que eu estaba sentado na pileta ó lado de onde Stradlater se barbeaba, dándolle á billa da auga. Aínda tiña posta a miña pucha vermella de caza, coa viseira de diante para atrás. Verdadeiramente disfrutaba con iso.

—Eh —dixo Stradlater—, ¿queres facerme un gran favor?

—¿Que? —dixen non moi entusiasmado. Sempre andaba a pedirche que lle fixeses un favor. Colles a calquera tío guapo, ou a un que pensa que é unha beldade, e sempre che estará pedindo que lle fagas un favor. Só porque están tolos por si mesmos, pensan que ti tamén toleas por eles, e que morres por facerlles favores. Ten gracia a cousa.

—¿Vas saír esta noite?

—Poida que si. Ou poida que non. Non o sei. ¿Por que?

—Tiña que ler unhas cen páxinas para o luns, para Historia. ¿Que che parece se me escribes unha redacción para Inglés? Voume ver nun lío se non teño a maldita redacción feita para o luns. Por iso cho digo. ¿Que che parece?

Era ben pavera a cousa. Verdadeiramente, era.

—*Eu son* o que me vou expulsado deste maldito sitio, e *ti* vésme pedir que escriba para ti unha maldita redacción.

—Si, xa o sei. Pero a cousa é que me vou ver nunha boa se non a fago. Anda, se un bo compañeiro. Un bo compañeiriño. ¿Vale? —Non lle respondín de seguida. O suspense é bo para algúns fillos de puta coma o Stradlater.

—¿E sobre que vai? —dixen.

—De calquera cousa. Unha descrición de calquera cousa. Un cuarto. Ou unha casa. Ou un sitio onde viviches algunha vez. Ou algo, xa sabes. O caso é que sexa ben descritivo. —E bocexou mentres dicía iso. Que é algo que me fai ata doe-lo cu. Quero dicir, cando alguén *bocexa* xusto cando che está pedindo que lle fagas un favor—. Pero non o fagas demasiado ben, iso si. Ese fillo de puta de Hartzell pensa que ti es do mellorciño en Inglés, e sabe que e-lo meu compañeiro de cuarto. Ou sexa que non poñas tódalas comas no seu sitio nin nada.

Esa é outra que me amola ben. Quero dicir, que sexas bo escribindo redaccións e veña alguén falando das comas. Stradlater sempre facía iso. Quería que pensases que a única razón pola que *el* era negado escribindo redaccións era porque poñía tódalas comas onde non eran. Era un pouco coma Ackley, nese senso. Unha vez sentárame ó lado de Ackley nun partido de baloncesto. Tiñamos un tío moi bo no equipo, Howie Coyle, que as metía dende a metade do campo mesmo sen tocar no taboleiro. E Ackley veña a dicir todo o carallo do partido que Coyle tiña un bo *corpo* para o baloncesto. Como odio iso. Aburrín de estar sentado na pileta, así que afasteime un pouco e empecei a zapatear, só por facer algo. E estaba divertíndome. Non sei zapatear nin nada, pero era chan de baldosa, bo para zapatear. Empecei a imitar a un daqueles tíos das películas. Nun deses musicais. Odio as películas pero divírteme arremedalos. O Stradlater ollaba para min no espello mentres se barbeaba. Todo o que eu preciso é auditorio. Son un exhibicionista.

—Son o fillo do gobernador –dixen. Estaba que caía. Zapateando por todo o lugar–. El non quere que sexa bailarín. Quere que vaia a Oxford. Mais bailar zapateado vai no meu sangue. –O Stradlater ría. Non tiña un senso do humor demasiado malo–. É a noite da estrea do Ziegfeld Follies. –Estaba quedando sen alento. Teño pouco fol–. O bailarín principal non pode continuar. Está borracho coma un bocoi. ¿Quen vai ocupa-lo seu lugar? Eu, iso é. O pequeno fillo do maldito gobernador.

—¿Onde pillaches esa gorra? –dixo Stradlater. Falaba da miña viseira de caza. Nunca ma vira antes.

Eu xa non tiña alento, así que parei de face-lo parvo. Quitei a pucha e mireina unha vez máis.

—Merqueina en Nova York esta mañá. Por un pavo. ¿Gústache?

Stradlater asentiu.

—A tope –dixo. Pero só estaba dándome coba, porque de seguida engadiu–. Escoita, ¿vas escribirme esa redacción? Teño que sabelo.

—Se teño tempo si. E se non, non. –Fun e sentei enriba da pileta outra vez–. ¿E con quen é a cita? ¿Fitgerald?

—Raios, non. Xa cho dixen. Terminei con esa porca.

—¿Terminaches? Pois dáma a min, tío. Sen coñas. É o meu tipo.

—Pois cóllea... É demasiado vella para ti.

38

E de súpeto, sen razón ningunha, só porque estaba en vea de face-lo parvo, ocorréuseme choutar dende a pileta e apalancar ó Stradlater cun "medio Nelson". É unha presa de loita, por se non o sabedes, na que colles ó outro tío polo pescozo e apretas ata que morre, se che apetece. Foi o que fixen. Caín enriba del coma unha panteira.

—Para xa, Holden, ¡por Cristo! –Non lle apetecía xogar. Estábase afeitando e todo–. ¿Que queres que faga? ¿Que corte a cabeza ou que?

Mais eu non o deixei. Tíñao preso cun bo "medio Nelson".

—Líbrate da miña maña se podes.

—Xesús. –Soltou a navalla e, de repente, ergueu os brazos e desfixo a miña chave. Era un tío moi forte–. E agora para con esa merda. –Empezou a barbearse outra vez. Sempre daba dúas pasadas, para estar marabilloso. Coa súa navalla ferruxenta.

—¿E quen é a túa cita se non é Fitgerald? –Sentei na pileta outra vez–. ¿Esa nena, Phylis Smith?

—Non. Ía ser, pero os arranxos fóronse ó carallo. É a compañeira de cuarto da moza de Bud Thaw... Eh, case me esquecía. Coñécete.

—¿Quen?

—A que ten a cita comigo.

—¿Si? ¿Como se chama? –Collín moito interese.

—Estou pensando... Uh, Jean Gallagher.

Tío, case caio de cu cando tal oín.

—¡Jane Gallagher! –Mesmo me puxen de pé cando o dixo. Case caio morto–. Dende logo que a coñezo. Vivía na porta do lado o outro verán. Tiña aquel maldito dóberman, *Pinscher*. Así foi como a atopei. O can sempre andaba a meterse na nosa...

—Estasme a quita-la luz, Holden. ¿Tes que estar xusto aí?

Tío, se estaba eu excitado. Seguro que si.

—¿Onde está? –pregunteille–. Debera baixar a saudala ou algo. ¿Onde está? ¿No Annex?

—Si.

—¿E como foi que che falou de min? ¿Aínda vai a B.M.? Dixo que igual ía alí. Tamén dixo que igual ía a Shipley. Pensei que iría a Shipley. ¿E como foi que che falou de min? –Estaba moi excitado. Verdadeiramente estaba.

—Non o sei, tío. Érguete de aí, ¿queres? Estás na miña toalla –dixo Stradlater. Estaba sentado na súa estúpida toalla.

—Jane Gallagher. –Non podía recobrarme–. Xesús. O Stradlater botaba Vitalis no cabelo. O meu Vitalis.

—É bailarina. Ballet e todo. Practicaba dúas horas diarias. Aínda cunha calor que abafaba. Preocupábaa que se lle puxesen mal as pernas. Xogabamos ás damas todo o tempo.

—¿Xogabades a que todo o tempo?

—Ás damas.

—Ás damas, ¡manda carallo!

—Si, e ela nunca movía as súas. O que facía, cando facía unha, era que non a movía. Deixábaa estar alí, na fileira do fondo. Poñíaas todas alí, na fileira do fondo. E non as usaba. Gustáballe miralas todas alí, na fileira do fondo.

Stradlater non dixo nada. Esas cousas non lle interesan a moita xente.

—A súa nai pertencía ó mesmo clube ca nós. Eu levaba o carriño dos paus de golf de vez en cando, só para sacar algunha pasta. Leveillo a ela un par de veces. Deu uns cento setenta golpes para nove buracos.

Stradlater a penas atendía. Estaba a peitea-las súas marabillosas ondas.

—Debera baixar e, polo menos, dicirlle ola.

—¿E por que non o fas?

—Vou un minuto.

Empezou a face-la raia de novo. Leváballe unha hora peitea-lo cabelo.

—Os seus pais estaban divorciados. A súa nai volveu casar cun borrachón –dixen–. Un fulano delgado coas pernas cheas de pelos. Lémbrome del. Sempre levaba pantalóns curtos, Jane dicía que se supoñía que era escritor de teatro ou algo así, pero eu sempre o vin a beber e a escoitar programas de misterio na radio. E andando pola casa nu, con Jane por alí e todo.

—¿Si? –dixo Stradlater. Iso interesoulle de verdade. O borrachón correndo pola casa nu con Jane por alí. Stradlater era un fillo de puta a quen só lle importaba o sexo.

—Tivo unha infancia piollenta. Sen bromas.

Pero iso non lle interesaba a Stradlater. Só o sexo lle interesaba.

—Jane Gallagher, Xesús. –Non podía tirala da cabeza. Abofé que non–. Teño que baixar e saudala, polo menos.

—¿Por que carallo non vas dunha vez, en vez de estar aí a dicilo?

Fun ata a fiestra, mais non se miraba nada polo vapor que había nos servicios.

—Non estou no momento agora –dixen. E non estaba. Para esas cousas un ten que estar no momento–. Pensaba que fora a Shipley. Mesmo podería xurar que fora a Shipley. –Dei unhas voltas. Non tiña outra cousa que facer–. ¿E gustoulle o partido?

—Gustou, supoño. Non sei.

—¿Díxoche que sempre andabamos a xogar ás damas, ou algo?

—Non o sei, por Cristo. Acáboa de coñecer. —Terminaba de peitea-los seus malditos marabillosos cabelos e estaba recollendo os seus pringosos artículos de tocador.

—Escoita. Dálle os meus saúdos, ¿queres?

—Moi ben —dixo Stradlater, mais eu sabía que probablemente non o faría. Velaí tes a un tío coma o Stradlater, que nunca lle dá os teus saúdos á xente.

El voltou ó cuarto, pero eu aínda quedei un pouco no servicio, pensando en Jane. Logo tamén voltei para a habitación.

Stradlater estaba pondo a gravata diante do espello cando cheguei. Pasaba a metade da vida diante do espello. Senteime na miña cadeira, e mireino facer.

—Eh, non lle digas que me botaron.

—Moi ben.

Iso era algo bo que tiña o Stradlater. Non había que andarlle explicando cada cousa, como había que facer con Ackley. Maiormente, supoño, porque non lle interesaba moito. Ackley era distinto. Gustáballe mete-lo nariz en todo, ó fillo de puta. Puxo a miña chaqueta de dente de can.

—Xesús, trata de non estirala toda. —Eu só a puxera un par de veces.

—Non cha estiro. ¿Onde carallo está o meu tabaco?

—Na mesa. —Nunca sabía onde deixaba nada—. Debaixo da bufanda. —Púxoo no peto da chaqueta, da *miña* chaqueta.

Deille a volta outra vez á miña gorra de caza, para variar. De súpeto, empecei a poñerme nervioso. Son un tío nervioso.

—Escoita, ¿onde vas ir con ela? ¿Xa o sabes?

—Non sei. Nova York, se temos tempo. Ela ten que voltar ás nove e media.

Non me gustou o xeito como o dixo, así que engadín:

—Iso é porque non sabe o guapo e encantador fillo de puta que ti es. Se o soubese, seguramente querería voltar ás dez e media da *mañá*.

—Seguro que si. –Non era fácil cabrealo. Era demasiado presumido–. Agora sen bromas. ¿Fasme a redacción?

Xa puxera o sombreiro, e estaba listo para irse.

—Non te mates moito, pero faina ben descritiva, ¿de acordo?

Non lle respondín. Non me apetecía. Todo o que dixen foi:

—Pregúntalle se aínda deixa tódalas damas na fileira de atrás.

—Moi ben –dixo Stradlater; pero eu sabía que non llo había de preguntar–. Tómao con calma agora. –Saíu dándolle un bo golpe á porta.

Despois que marchou fiquei alí sentado unha media hora. Quero dicir que estaba alí sentado, na cadeira, sen facer nada. Pensaba en Jane, e en Stradlater que tiña unha cita con ela. Poñíame tan nervioso que case toleaba. Xa vos dixen que a aquel fillo de puta de Stradlater só lle interesaba o sexo.

De repente Ackley volveu entrar polas cortinas da ducha, coma sempre. Por unha vez na miña estúpida vida, alegreime de velo. Arredoume daqueles outros pensamentos.

Ficou por alí ata a hora da cea, falando de tódolos tíos de Pencey que non podía ver diante, e apretando un gran que tiña no queixo. Nin sequera usaba o moqueiro. Penso que o fillo de puta nin sequera moqueira tiña, se hei dici-la verdade. Polo menos eu nunca vin que usase ningún.

Capítulo 5

Sempre había a mesma cea os sábados en Pencey. Supúñase que era unha grande cousa, porque daban bisté. Aposto mil pavos a que a única razón pola que o facían era que moitos pais viñan á escola o domingo e o vello Thurmer probablemente se figuraba que tódalas nais habían preguntar ós seus queridos nenos que cearan a noite anterior, e eles dirían: "bisté". Vaia estafa. Tiñades que ve-los bistés. Eran unhas cousas duras e secas que non se podían nin cortar. E sempre poñían aqueles montes de puré con bisté, e, de postre, Brown Betty, que ninguén comía, a non se-los nenos do parvulario, que non coñecían nada mellor, e tipos coma Ackley, que comían calquera cousa.

Pero foi agradable cando saímos do comedor. Había tres polgadas de neve no chan, e seguía caendo. Estaba moi bonito. Empezamos a tirar bólas de neve e a xogar. Era infantil, mais todo o mundo o pasaba ben.

Eu non tiña unha cita nin nada, así que con aquel amigo meu, Mal Brossard, que estaba no equipo de loitadores, decidimos colle-lo bus para Agerstown e tomar unha hamburguesa e quizais mirar algunha piollenta película. Ningún dos dous quería ficar alí sentado toda a noite. Pregunteille a Mal se lle importaba que Ackley viñese connosco. Pregunteillo porque Ackley nunca facía nada o sábado pola noite, como non fose sentarse a estoupa-los grans da cara, ou algo así. Mal dixo que non lle *importaba*, pero que non o entusiasmaba moito. Non lle gustaba Ackley. Fomos cada un ó seu cuarto a prepararnos e tal, e mentres estaba a poñe-los chanclos, berreille ó Ackley se quería vir ó cine. Oíame ben dende alá, detrás das cortinas da ducha, mais non respostou de seguida. Era esa clase de fulano que odia respostar axiña. Finalmente, apareceu por entre as cortinas, parou no borde da ducha e preguntou quen ía, á parte de min. Sempre tiña que saber quen ía. Xúrovos que se aquel fulano sufrise un naufraxio nalgunha parte e foran rescatalo nun maldito bote, aínda había querer saber quen era o que remaba antes de subir a bordo. Díxenlle que ía Mal Brossard. Comentou:

—Ese fillo de puta... Moi ben. Agarda un segundo.
—Parecía coma se nos fixese un gran favor.

Levoulle unhas cinco horas prepararse. Mentres tanto, fun ata a miña fiestra, abrina e fixen unha bóla de neve coas mans. Era unha neve moi boa. Pero non lla tirei a ninguén. Ía tirarlla a un coche que estaba aparcado ó outro lado da rúa, pero cambiei de idea. O coche estaba tan ben e tan branco... Despois pensei tirala a unha boca de rego, pero tamén estaba tan limpa e tan branca... Ó final non lla tirei a nada. Pechei a fiestra e andei polo cuarto coa bóla na man, apretándoa máis e máis. Seguía con ela cando eu e mais Brossard e Ackley subimos ó bus. O chófer abriu as portas e fíxome deixala fóra. Eu *díxenlle* que non lla ía tirar a ninguén, mais non me creu. A xente nunca cre nada.

Brossard e Ackley xa viran a película, así que o que fixemos foi tomar un par de hamburguesas, xogar na máquina un pouco, e coller logo o bus de volta a Pencey. Non me importaba non ve-la película. Era unha comedia, con Cary Grant e toda aquela merda. Ademais, xa estivera no cine con Brossard e Ackley antes. Os dous rían coma hienas con cousas que nin gracia tiñan. Nin sequera me gustaba sentar con eles no cine.

Aínda eran as nove menos cuarto cando chegamos de volta ó dormitorio. A Brossard gustáballe moito o *bridge* e empezou a buscar un xogo. Ackley aparcou no meu cuarto, para variar. Só que, en vez de sentarse no brazo da cadeira de Stradlater, botouse na miña cama, coa cara contra a miña almofada e todo. Empezou a falar coa súa voz monótona, e a toca-los grans. Boteille mil indirectas, pero non puiden librarme del. O único que facía era seguir a falar dunha nena coa que disque pinara o verán anterior. Xa mo contara unhas cen veces. Cada vez era distinto. Unha vez dicía que a cousa fora no Buick do seu curmán, logo que debaixo dunha ponte. Todo mentira, por suposto. El era virxe, seguro. Mesmo dubido que lle tocase a algunha. De tódolos xeitos, ó final díxenlle que tiña que escribir unha redacción para Stradlater e que debía abrirse, porque necesitaba concentrarme. Foise, pero aínda lle levou tempo, coma sempre. Cando marchou, puxen o pixama, a bata e a pucha de caza, e empecei a escribi-la redacción.

A cousa era que non podía pensar nunha casa ou nun cuarto ou no que fose para describilo como Stradlater me dixera. Non vos son eu moi dado a describir casas ou cuartos ou o que sexa. Así que o que fixen foi escribir sobre a luva de béisbol do meu irmán Allie. Era un tema moi descritivo. Abofé que si. O meu irmán Allie tiña aquela luva da man esquerda. É que era zurdo. O mellor eran aqueles poemas escritos por tódolos dedos e por tódalas partes, en tinta verde. Escribíraos para ter algo que ler cando estaba no campo e ninguén bateaba. Morreu. Colleu a leucemia e morreu cando estabamos en Mayne, o 18 de xullo de 1946. Gustaríavos. Era dous anos máis novo ca min, e polo menos cincuenta veces máis intelixente. Moi intelixente. Os seus mestres sempre lle andaban a escribir cartas á miña nai dicíndolle o gran pracer que era ter nenos coma Allie na clase. E sentíano de verdade. Non era só que fose o membro máis intelixente da familia. Era o mellor, en moitos aspectos. Non se cabreaba con ninguén. A xente con cabelo vermello disque se cabrea pronto, pero Allie non, e iso que tiña o cabelo moi vermello. Fixádevos se tiña o cabelo vermello. Eu empecei a xogar ó golf cando tiña dez anos. Lémbrome dunha vez, o verán que fixen doce, que estaba xogando e sentín que se daba a volta vería a Allie. Deina, e alí estaba, sentado na súa bicicleta, por fóra do muro –había un muro todo ó redor do campo–, a unhas cento cincuenta iardas detrás de min, mirándome. Esa é a clase de cabelo vermello que tiña. Era un bo rapaz. Ás veces ría tanto á hora da comida que case caía da cadeira. Eu tiña trece anos, e quixeron psicanalizarme e todo, porque rompín tódolos cristais do garaxe. Non os culpo. Non. Durmín no garaxe a noite que morreu e rompín tódolos malditos cristais a puñetazos, só porque si. Mesmo tratei de rompe-los da furgoneta que tiñamos aquel verán, pero xa tiña a man rota e non puiden. Admito que foi estúpido facer unha cousa así, mais case nin me daba de conta do que estaba facendo, e vós non coñecestes a Allie. A man aínda me doe ás veces, cando chove, e non podo pechar ben o puño –quero dicir con forza–, pero non me importa moito. Non penso facerme cirurxián nin violinista nin nada.

Sobre iso escribía a redacción de Stradlater. A luva de béisbol do Allie. Resulta que a tiña na maleta, así que, saqueina e copiei os poemas que tiña escritos. Todo o que tiven que facer foi cambia-lo nome de Allie para que ninguén soubese que era o meu irmán e non o de Stradlater. Non flipaba moito con aquilo, pero non se me ocorría outra cousa descritiva. Ademais, o asunto gustábame. Levoume unha hora, porque tiven que usa-la máquina de escribir de Stradlater, que se atrancaba seguido. Non usei a miña porque lla prestara a un rapaz do outro lado.

Eran as dez e media cando rematei. Non estaba canso, así que, púxenme a mirar pola fiestra. Xa parara de chover, mais de vez en cando oíase un coche lonxe que non acendía. Tamén se oía roucar a Ackley. Xusto polas cortinas da ducha entraban os seus ronquidos. Tiña problema de sinusite e non respiraba ben. Aquel fulano tiña de todo. Problemas de sinusite, grans, dentes negros, halitose, uñas feitas unha merda. Acababa un por sentir pena por aquel tolo fillo de puta.

Capítulo 6

ALGUNHAS cousas son duras de recordar. Estou a pensar agora en cando Stradlater voltou da súa cita con Jane. Quero dicir que non lembro exactamente o que estaba eu facendo cando oín os seus estúpidos pasos polo corredor. Probablemente estaba aínda a mirar pola fiestra, mais xúrovos que non o lembro. Estaba tan amolado... Cando estou verdadeiramente amolado non fago o parvo. Ata teño que ir ó servicio cando estou moi amolado por algo. Só que non vou. Estou demasiado afundido para ir. E non quero interrompe-la miña inquedanza. Se coñecesedes a Stradlater, tamén estariades así. Eu xa saíra con el e con dúas mozas un par de veces e ben sei do que falo. Non tiña escrúpulos. De tódolos xeitos, podía oí-los seus pasos vindo polo corredor cara ó cuarto. Nin sequera lembro onde estaba sentado cando entrou, se na fiestra ou na miña cadeira ou na súa. Xuro que non o lembro.

Entrou queixándose do frío que ía fóra. Logo dixo:

—¿Onde carallo está todo o mundo? Isto parece unha *morgue*.

Nin me preocupei de respostarlle. Se era tan estúpido que non se daba conta de que era sábado pola noite e todos estaban ou fóra ou a durmir ou na casa pasando a fin de semana, non ía eu rompe-la cabeza a dicirllo. Empezou a espirse. Non dixo nin maldita palabra de Jane. Nin unha. Eu tampouco. Só miraba para el. O único que fixo foi darme as gracias por deixarlle leva-la miña chaqueta de dente de can. Pendurouna na percha e púxoa no roupeiro. Logo, cando estaba quitando a gravata, preguntoume se escribira a súa condenada redacción. Díxenlle que a tiña alí, enriba da cama. Foi e leuna mentres desabotoaba a camisa. Estaba alí, de pé, léndoa e acariñando o peito e mailo estómago, con expresión estúpida na cara. Sempre andaba a aloumiña-lo peito ou o estómago. Estaba tolo por si mesmo.

E de repente dixo:

—Por Cristo, Holden. Isto é sobre unha luva de béisbol.

—¿E que? –dixen. Frío coma o demo.

—¿Que quere dicir "e que"? Díxenche que tiña que ser sobre un maldito cuarto ou unha casa ou algo así.

—Dixeches que tiña que ser descritivo. ¿Que carallo de diferencia hai se é sobre unha luva de béisbol?

—Maldita sexa. –Estaba amargado. Estaba realmente furioso–. Sempre fas todo ó revés. –Mirou para min–. Non me estraña que te boten de aquí. Non hai unha cousa que fagas como debes. De verdade. Nin unha soa cousa.

—Moi ben, pois dáma entón. –Fun e collinlla da man, e racheina.

—¿Por que fixeches iso?

Nin lle respostei. Só guindei os papeis no cesto. Logo tumbeime na cama e ningún de nós dixo nada por bastante tempo. El espiuse. Eu acendín un cigarro. Estaba prohibido fumar no dormitorio, pero podíase facer pola noite cando todo o mundo durmía ou ía fóra e ninguén podía cheira-lo fume. Ademais, facíao para amolar a Stradlater. Poñíase tolo cando alguén rompía coas regras. El nunca fumaba no dormitorio. Só eu.

Aínda seguía sen dicir palabra sobre Jane. Así que finalmente comentei eu:

—Chegas moi tarde, se ela tiña que estar de volta ás nove e media. ¿Fixéchela retrasar?

Estaba sentado na beira da cama, cortando as uñas do pé, cando lle fixen a pregunta.

—Un par de minutos. ¿A quen se lle ocorre ter que voltar ás nove e media un sábado pola noite? –Deus, como o odiaba.

—¿Fostes a Nova York?

—¿Estás tolo? ¿Como carallo iamos ir a Nova York se ela tiña que voltar ás nove e media?

—É dura a cousa.

Mirou para min.

—Escoita. Se vas fumar no cuarto, ¿por que non baixas mellor ó servicio? Ti vaste pirar de aquí xa, pero eu teño que manterme aquí ata graduarme.

Ignoreino. De verdade. Seguín a fumar coma un tolo. O único que fixen foi pórme de lado a mirar como el cortaba as uñas. Que escola. Sempre estabas mirando a alguén a corta-las uñas ou a estoupa-los grans ou algo.

—¿E décheslle os meus saúdos?

—Dei.

O carallo deu. Fillo de puta.

—¿E que dixo ela? ¿Preguntácheslle se aínda deixa tódalas damas na fileira de atrás?

—Non, non llo preguntei. ¿Que carallo pensas que estivemos a facer toda a noite? ¿A xogar ás damas?

Nin lle respostei. Como o odiaba.

—E se non fostes a Nova York, ¿a onde fuches con ela? –preguntei despois dun anaquiño. A penas podía mante-la voz sen que me tremese. Tío, estábame pondo nervioso. Tiña o *sentimento* de que pasara algo raro.

Terminou de corta-las malditas uñas. Ergueuse da cama, en calzoncillos como estaba, e empezou a pórse xoguetón. Veu para a miña cama e empezou a darme no lombo.

—Para xa –dixen–. ¿Onde fuches con ela se non fostes a Nova York?

—A ningures. Só estivemos no coche. –E deume outra vez no lombo.

—Para xa, ¿o coche de quen?

—O de Ed Banky.

Ed Banky era o entrenador de baloncesto en Pencey. Stradlater era un dos seus chichís, porque era o centro do equipo, e Ed Banky sempre lle deixaba o coche. Non estaba permitido que os fulanos da Facultade deixasen os coches ós estudiantes, pero os fillos de puta dos de deportes andaban todos xuntos. Stradlater seguía a bater no meu lombo. Tiña o cepillo de dentes na man e púxoo na boca.

—¿Que fixestes? ¿Botar un polvo no coche de Ed Banky? –A miña voz xa tremía moito.

—Que cousas dis. ¿Queres que che lave a boca con xabrón?

—¿Foi iso?

—É un segredo profesional, chaval.

O que pasou despois non o lembro moi ben. O que sei é que me erguín da cama, como que ía ó servicio ou así, e logo tratei de darlle un bo golpe, con toda a forza, dereito ó cepillo de dentes, a ver se lle abría a gorxa. Pero fallei, non conectei ben. Deille de lado na cara. Probablemente lle doeu un pouco, pero non tanto como eu quería. Porque ademais, foi coa dereita, e non podo apretar ben ese puño. Debido á ferida de que vos falei.

En fin, que o que despois pasou foi que eu estaba no maldito chan e el sentado no meu peito, coa cara toda vermella. Ou sexa, que tiña os seus xeonllos no meu peito, e pesaba polo menos unha tonelada. Tamén me tiña agarrados os pulsos para non deixarme bater. Mataríao.

—¿Que carallo che pasa? —seguía dicindo, e a súa cara a pórse máis e máis vermella.

—Quita os teus merdentos xeonllos do meu peito. –Estaba esganándome–. Quítateme de enriba, fillo de puta da merda. –Pero non se quitaba. Seguía a agarrarme dos pulsos e eu a chamarlle fillo de puta e todo, durante unhas dez horas. Nin lembro as cousas que lle chamei. Díxenlle que el pensaba que podía ir por aí botándolle un polvo a quen quixese. Que non lle importaba que unha rapaza mantivese tódalas damas na fileira de atrás, e que se non lle importaba era porque era un maldito imbécil. El odiaba que lle chamasen imbécil. Tódolos imbéciles odian que lles chamen imbécil.

—Cala a boca –dixo coa súa estúpida cara vermella–. ¡Cala a boca!

—Nin sequera sabes se o seu nome é Jane ou June, maldito imbécil.

—Cala a boca, Holden. Maldita sexa. Estoute avisando. –Estábao cabreando de verdade–. Se non calas vouche dar unha boa.

—Quita os teus fedorentos xeonllos de imbécil do meu peito.

—Se te solto, ¿vas calar?

Nin lle contestei.

Repetiu:

—Holden, se te solto, ¿vas cala-la boca?

—Vou.

Quitóuseme de enriba, e eu erguinme tamén. Doíame o peito coma o demo, dos seus xeonllos.

—Es un porco estúpido e un imbécil fillo de puta.

Iso fíxoo tolear. Púxome o dedo diante da cara:

—Holden, maldita sexa, estoute avisando agora. Como non cales vou...

—¿E por que vou calar? —dixen, estaba case berrando—. Iso é o problema cos que sodes imbéciles. Non queredes discutir nada. Así é como se sabe que alguén é imbécil. Que non se pode falar con el. —Entón de verdade que me deu unha boa, e a seguinte cousa que souben é que estaba de novo no chan. Non sei se me deixou sen sentido ou non; non o creo. Non é fácil noquear a alguén, só nas merdas esas das películas. Pero o meu nariz deu en sangrar a picho. Cando levantei a vista, o Stradlater estaba enriba de min. Tiña o neceser debaixo do brazo.

—¿Por que non calas cando cho digo? —Parecía nervioso. Seguramente tiña medo de terme escachado a testa ou algo cando caín no chan. Oxalá así fose—. Foi túa a culpa, maldita sexa —dixo. Tío, que estaba preocupado.

Nin me molestei en erguerme. Fiquei alí, no chan, un rato, e seguín a chamarlle imbécil fillo de puta. Estaba tolo esgañitándome.

—Escoita. Vai lava-la cara —dixo Stradlater—. ¿Óesme?

Díxenlle que fose el a lava-la súa cara de imbécil —o que era algo infantil—, mais estaba rabioso coma o demo. E tamén que, de camiño ó servicio, parase a botarlle un polvo á Sra. Schmidt. A Sra. Schmidt era a muller do porteiro. Tiña uns sesenta e cinco anos.

Fiquei alí sentado no chan ata que oín ó Stradlater pecha-la porta e baixar ó servicio. Logo, erguinme. Non atopaba o carallo da pucha de caza por parte ningunha. Por fin atopeina. Estaba debaixo da cama. Púxena e deille a volta á viseira de diante para atrás, do xeito que me gustaba, e logo fun botar unha ollada á miña estúpida cara no espello. Tiña a boca e mailo queixo cheos de sangue, e o pixama, e a bata. En parte fiquei abraiado, e en parte fascinado. Todo aquilo dábame un aspecto duro. Só pelexara un par de veces na miña vida, e perdera as dúas. Non son duro. Son un pacifista, se hei dici-la verdade.

Pareceume que Ackley debeu oílo todo e que estaría esperto. Así que fun ó seu cuarto pola ducha, para ver que carallo facía. Case nunca ía ó seu cuarto. Sempre fedía alí dentro. Tiña uns hábitos ben apestosos.

Capítulo 7

POLAS cortinas da ducha entraba un pouquiño de luz e vino alí, deitado na cama. Sabía que había de estar esperto.

—Ackley, ¿estás esperto?

—Estou.

Estaba escuro, batín cun zapato no chan e case caín. Ackley sentou na cama apoiado nun brazo. Poñía unha cousa branca na cara, para os grans. Parecía unha alma en pena.

—¿Que carallo fas?

—¿A que vén iso de que carallo fago? Trataba de durmir cando empezastes a armar toda esa batifoula. ¿A que veu esa pelexa?

—¿Onde está a luz? —Non atopaba a luz. Estaba tentando a parede coa man.

—¿Para que quére-la luz? Tela alí, ó lado da man.

Por fin dei coa chave, e acendina. Ackley puxo a man diante dos ollos para non cegar.

—¡Xesús! —dixo—. ¿Que che pasou? —Dicíao polo sangue e tal.

—Tiven unha pequena trafulca co Stradlater. —E logo sentei no chan. Nunca tiñan cadeiras naquel cuarto. Non sei que carallo facían coas cadeiras.

—Escoita, ¿queres xogar á canastra? —Flipaba moito coa canastra.

—Aínda estás sangrando. Ponlle algo aí.

—Xa parará. Escoita, ¿queres xogar á canastra ou non?

—Canastra, nai que te botou, ¿sabes que hora é, eh?

—Non é tarde. Aí polas once. As once e media.

—¡Só as once! Mira. Teño que erguerme para ir a misa pola mañá, por Cristo. E vós empezades a pelexar no medio da maldita..., ¿por que foi a pelexa, ho?

—É longo de contar. Non quero aburrirte, Ackley. Estou pensando no teu ben —díxenlle. Nunca discutía a miña vida persoal con el. Principalmente porque era aínda máis parvo có Stradlater. Comparado con Ackley, Stradlater era un xenio.

—Eh, ¿podo durmir esta noite na cama de Ely? Non voltará ata mañá pola noite, ¿non? —Ben sabía que non. Ely ía á casa case tódalas fins de semana.

—Eu non sei cando vai voltar.

Tío, como me molestou aquilo.

—¿Que queres dicir, que non sabes cando vai voltar? Nunca volta ata o domingo pola noite, ¿ou que?

—Non, pero polo amor de Cristo. Eu non podo dicirlle a calquera que pode durmir na súa maldita cama. —Aquilo tirou comigo. Boteime para diante e deille unhas palmadas no lombo.

—Es un príncipe, Ackley chaval, ¿sabíalo?

—De verdade. Non lle podo andar a dicir a todos que poden durmir na...

—Es un príncipe. Abofé que si. Es todo un cabaleiro, chaval. —E érao—. ¿Tes un cigarro, por casualidade?

—Pois non, agora que o dis. ¿E por que foi a pelexa?

Non lle respostei. Todo o que fixen foi erguerme e ir ata a fiestra. De repente sentinme tan só... Mesmo quería estar morto.

—¿Por que foi a pelexa, ho? —dixo Ackley por quincuaxésima vez. De verdade que me aburría con aquilo.

—Por ti.

—¿Por min, dis?

—Si. Eu defendín o teu condenado honor. Stradlater dicía que tiñas unha personalidade piollosa. E non podía deixarlle dicir aquilo.

Iso alporizouno.

—¿Díxoo? Sen bromas, ¿díxoo?

Díxenlle que estaba de coña, e logo fun e boteime na cama de Ely. Tío, que podre me sentía. E tan só.

—Este cuarto fede. Cheiro os teus calcetíns dende aquí. ¿Non os lavas nunca?

—Se non che gusta, xa sábe-lo que podes facer. —Que rapaz máis listo—. ¿E por que non apága-la luz dunha vez?

Mais non a apaguei de seguida. Seguín alí, deitado na cama de Ely, pensando en Jane. Toleaba de pensar nela e en Stradlater aparcados nalgún sitio no coche de Ed Banky. Cada vez que o pensaba, apetecíame guindarme pola fiestra. A cousa é que vós non coñecedes a Stradlater. Pero eu *coñecíao*. Todos en Pencey *falaban* de que tiñan moitas relacións sexuais con mozas —como Ackley, por exemplo—, pero o vello Stradlater tíñaas. Eu sabía polo menos de dúas coas que o fixera. Esa é a verdade.

—Cóntame a historia da túa fascinante vida, Ackley chaval.

—¿Por que non apága-la maldita luz? Teño que erguerme para a misa pola mañá.

Erguinme e apagueina, e iso fíxome feliz. Logo deiteime de novo na cama de Ely.

—¿Que vas facer, durmir na cama de Ely? —Tío, era o perfecto anfitrión.

—Poida que durma, e poida que non. Non te preocupes por iso.

—Non me preocupo. Mais non me gustaría que chegase Ely de repente, e atopase un tío...

—Reláxate. Non vou durmir aquí. Non vou abusar da túa marabillosa hospitalidade.

Un par de minutos despois xa roncaba coma un tolo. Pero seguín deitado, tratando de non pensar en Jane e mais no Stradlater dentro do maldito coche de Ed Banky. Era case imposible. A cousa é que eu coñecía a técnica de Stradlater, e iso facíao aínda peor. Unha vez sairamos con dúas, no coche de Ed Banky, e Stradlater estaba no asento de atrás coa súa, e eu no de adiante coa miña. E vaia técnica que tiña aquel tío. O que facía era empezar a falarlle a modiño, con aquela voz tranquila e *sincera* que poñía coma se non só fose un tío guapo, senón tamén moi agradable e *sincero*. Case me facía vomitar. E a rapaza dicía: "Non, *por favor*. Por favor, non. *Por favor*". Pero o vello Stradlater seguía a falar coa súa voz sincera, como a de Abraham Lincoln, e ó final había aquel silencio no asento de atrás. Non creo que lla metese a aquela rapaza aquela tarde, pero pouco menos. *Pouco* menos.

Mentres estaba alí deitado tratando de non pensar, oín que Stradlater voltaba do servicio. Oíao recolle-los artigos de toucador cheos de merda, e abri-la fiestra. Gustáballe o aire fresco. E logo, un pouco máis tarde, apagou a luz. Nin mirou onde estaba eu.

A rúa tamén estaba deprimente. Xa nin había coches. Sentinme só e podre, tanto que ata me apeteceu espertar a Ackley.

—Eh, Ackley –dixen murmurando para que Stradlater non oíse dende o outro cuarto a través da cortina da ducha.

Mais o Ackley non me oía.

—Eh. ¡Ackley!

Agora si que oíu.

—¿Que carallo che pasa? Estaba durmindo, polo amor de Cristo.

—Escoita. ¿Como é a rotina cando entras nun mosteiro? —pregunteille. Estaba a baralla-la idea de meterme nun—. ¿Tes que ser católico e todo iso?

—Claro que tes que ser católico. Fillo de puta. ¿Despertáchesme para preguntarme esa parvada...?

—Ah, volve durmir. Xa non me vou meter en ningún. Coa sorte que teño seguro que entraría nalgún cheo de monxes fillos de puta. Todos estúpidos fillos de puta.

Cando dixen iso, o Ackley ergueuse na cama coma un tolo.

—Escoita. Non me importa o que digas de *min* nin nada, pero se empezas a falar da miña condenada relixión...

—Reláxate. Ninguén está a falar mal da túa relixión.

Erguinme da cama de Ely e fun para a porta. Non quería estar colgado daquela estúpida atmósfera máis tempo. Pero ó pasar xunto a Ackley, collinlle a man como para saudalo. El soltouse:

—¿Que pasa agora?

—Non sei. Só quería darche as gracias por ser un príncipe. Iso é todo. —Díxeno cunha voz moi sincera—. Es un as, Ackley chaval. ¿Sabíalo?

—Tío listo. Algún día alguén vaiche dar unha boa...

Nin me molestei en oílo. Pechei a maldita porta e saín ó pasillo.

Todo o mundo estaba durmindo ou saíra ou ía na casa a pasa-la fin de semana. O corredor estaba moi,

moi tranquilo e deprimente. Ó lado da porta de Leahy e Hoffman había un tubo de pasta de dentes Kolynos, e funlle dando patadas coa miña zapatilla. Ocorréuseme baixar a mirar que estaba a face-lo Mal Brossard. Pero de socato, mudei de idea. De repente decidín o que realmente tiña que facer, que era largarme de Pencey aquela mesma noite. Quero dicir que xa non agardaría ata o mércores nin nada. Non quería andar tirado por alí máis tempo. Facíame sentirme triste e só. Así que acordei coller un cuarto nun hotel en Nova York –un hotel moi barato e tal– e tomalo con calma ata o mércores. Logo, o mércores, iría para a miña casa ben descansado e a tope. Supoñía que os meus pais non recibirían a carta de Thurmer dicíndolles que me botaran ata o martes ou o mércores. Non quería aparecer pola casa ata que a recibisen e a dixerisen ben. Non quería estar por alí *no momento* da noticia. A miña nai ponse moi histérica, pero non o fai moi mal despois de dixeri-las cousas. Á parte, necesitaba unha especie de vacación. Tiña os nervios desfeitos.

Así que iso foi o que decidín. Voltei ó cuarto e acendín a luz para empezar a face-la maleta e tal. Xa a tiña a medio facer. O Stradlater nin espertou. Acendín un cigarro, vestinme, e logo enchín as dúas maletas Gladstone que teño. Iso levoume só un par de minutos. Son rápido facendo as maletas.

Había unha cousa que me deprimía. Tiña totalmente novos os patíns para o xelo que a miña nai acababa de mandarme dous días antes. E deprimíame. Imaxinaba á miña nai entrando en Spaulding's e facéndolle ó vendedor un millón de preguntas parvas, e aquí estaba eu: expulsado outra vez. Poñíame triste. Case sempre que alguén me fai un regalo, acaba poñéndome triste.

Cando tiven as maletas feitas, contei máis ou menos os cartos. Non lembro exactamente canto tiña, pero ía bastante cargado. A miña avoa mandárame un feixe de billetes unha semana antes. Teño unha avoa moi dadiveira. Non lle andan alá moi ben os miolos —é máis vella có demo— e mándame cartos polo meu cumpreanos polo menos catro veces ó ano. Pero aínda que estaba forrado, pensei que nunca estaba de máis dispoñer duns pavos extras. Nunca se sabe. Así que o que fixen foi baixar ó piso de abaixo e espertar a Frederick Woodruff, aquel tío ó que lle deixara a máquina de escribir. Pregunteille canto me daba por ela. Era un fulano moi rico. Dixo que non sabía, que non estaba moi interesado nela. Pero finalmente comprouna. Custara uns noventa pavos e el deume vinte. Cabreouse porque o espertei.

Cando xa estaba listo para irme, coas maletas e todo, quedei de pé, alí, ó lado das escaleiras, e boteille unha derradeira ollada ó condenado pasillo. Chorei un pouco, non sei por que. Puxen a pucha vermella de caza, deille a volta de diante para atrás, do xeito que tanto me flipaba, e berrei con toda a forza que puiden: "¡Durmide ben, imbéciles!" Apostaría a que espertei a canto fillo de puta había na planta. E logo, saín. Algún daqueles fillos de puta botara cascas de manises polas escaleiras. Pouco me faltou para rompe-la crisma.

CAPÍTULO 8

ERA moi tarde para chamar un taxi, así que fun
andando todo o camiño ata a estación. Non
quedaba lonxe, pero ía moito frío, non era
fácil andar pola neve e as miñas maletas Gladstone
dábanme contra as pernas. Aínda así, disfrutei do aire.
O único problema era que o frío facíame doe-lo nariz,
xusto enriba do beizo, onde o Stradlater me batera.
Desfixérame o beizo contra os dentes, e doíame. Pero
as orellas tíñaas ben quentiñas. Aquela pucha que
comprara tiña orelleiras e púxenas –importábame un
carallo a pinta que podía levar–. De tódolos xeitos,
non había ninguén. Todo o mundo estaba no saco.

Cando cheguei á estación tiven sorte, porque só
tiven que agardar uns dez minutos por un tren. Mentres
agardaba collín un pouco de neve e lavei a cara.
Aínda tiña bastante sangue.

Normalmente gústame ir no tren pola noite, con
tódalas luces e as fiestras tan negras, e os tíos aqueles
pasando polo corredor a vender café, bocatas e revistas.
O que fago sempre é mercar un bocata de xamón e
unhas catro revistas. Cando vou no tren pola noite
mesmo podo ler unha desas historias para parvos que

publican as revistas sen vomitar. Xa sabedes. Un deses contos con tíos falsos e co queixo para fóra que se chaman David, e con tías falsas que se chaman Linda ou Marcia e que sempre lles andan a acende-la pipa. Cando vou no tren pola noite ata son capaz de ler unha desas historias piollentas. Pero esta vez era distinto. Non me apetecía. Só me sentei, e non fixen nada. O único foi quita-la gorra e metela no peto.

De súpeto, aquela muller subiu en Trentos e sentou a par de min. Practicamente todo o vagón ía baleiro, porque era moi tarde, pero ela sentou ó meu lado, en vez de no outro asento, porque tiña unha bolsa moi grande. Púxoa xusto no medio do pasillo, onde o trinca ou calquera podía vir e tropezar. E levaba aquelas orquídeas, coma se viñese dunha gran festa ou algo. Tiña uns corenta ou corenta e cinco anos, pero estaba de moi bo ver. As mulleres tiran comigo. De verdade. Non quero dicir que ande tolo polo sexo nin nada diso –aínda que me interesa o sexo–. Quero dicir que me gustan. Sempre deixan as súas malditas bolsas no medio do pasillo.

Estabamos sentados alí e, de repente, díxome:

—Perdoa, ¿non é esa unha pegatina de Pencey Prep? –Estaba mirando para as miñas maletas.

—É –dixen. Tiña razón. Había unha merda de pegatina de Pencey nunha das miñas maletas Gladstone. Moi hortera, admítoo.

—¿E logo estás no Pencey? –Tiña unha voz agradable. Unha voz agradable para o teléfono, maiormente. Debería levar un teléfono todo o tempo.

—Estou.

—Ah, ¡que ben! Entón ó mellor coñeces ó meu fillo. Ernest Morrow. Vai a Pencey.

—Coñezo. Está na miña clase.

O seu fillo era sen dúbida o máis grande fillo de puta que fora nunca a Pencey en toda a merdenta historia da escola. Sempre ía polo pasillo, despois de ducharse, dándolle coa toalla mollada no cu a todo o mundo. Esa era a clase de fulano que era.

—Ouh, que ben —dixo a muller. E non en plan hortera, senón ben—. Contareille a Ernest isto. ¿Podo sabe-lo teu nome?

—Rudolf Schmidt —díxenlle. Non me apetecía contarlle a historia da miña vida. Rudolf Schmidt era como se chamaba o porteiro do noso edificio.

—¿E gústache Pencey?

—¿Pencey? Non está mal. Non é o paraíso, pero é igual de boa que tódalas escolas. Haille xente moi concienzuda alí.

—Ernest adóraa.

—Xa o sei. —E logo empecei a contarlle parvadas—. É que se adapta moi ben ás cousas. De verdade que si. Quero dicir que sabe cómo adaptarse.

—¿Ti cres? —preguntoume. Parecía moi interesada.

—¿Ernest? Seguro. —E mireina saca-las luvas. Tío, ¡a de pedras que levaba!

—Rompín unha uña ó saír dun taxi —dixo. Miroume e sorriu. Tiña un sorriso moi agradable. De verdade que si. A maioría da xente ou non ten sorriso ningún ou teno piollento—. Ás veces o pai de Ernest e mais eu sentímonos preocupados por el. Dáno-la impresión de que non é alá moi sociable.

—¿Que quere dicir?

—E que é moi sensible. Nunca foi moi sociable cos outros nenos. Ó mellor é que toma as cousas demasiado en serio para a súa idade.

Sensible. Aquilo case tira comigo. Aquel fulano Morrow era máis ou menos tan sensible coma a taza dun váter.

Boteille unha boa ollada. Non parecía parva. Parecía que debería saber ben que era nai dun fillo de puta. Mais nunca se pode estar seguro —coa nai de alguén, quero dicir—. As nais están todas un pouco tolas. Pero o caso é que a min gustábame a do vello Morrow. Estaba moi ben.

—¿Gustaríalle un cigarro? —pregunteille.

Mirou ó redor.

—Penso que non se pode fumar neste vagón, Rudolf. —Aquilo matoume.

—Está ben. Podemos fumar ata que empecen a berrarnos. —Colleu un cigarro e deille lume.

Fumaba ben. Tragaba o fume, mais non coma unha loba, como fan moitas mulleres da súa idade. Tiña encanto. E tamén moito *sex appeal*, se é que vos interesa.

Estaba a mirar para min dun xeito especial.

—Pode que me confunda, pero paréceme que estás sangrando polo nariz, querido —dixo de repente.

Asentín e collín o moqueiro.

—Déronme cunha bóla de neve. Unha desas moi duras. —Contaríalle o que realmente pasara, pero levaríame moito tempo. Gustábame. Xa empezaba a lamentar terlle dito que me chamaba Rudolf Schmidt.

—¡O Ernie! É un dos rapaces máis populares de Pencey. ¿Sabíao?

—Non. Non o sabía.

Movín a testa.

—Levounos a todos un tempo coñecelo ben. É un rapaz un pouco especial, ¿entende o que lle digo? A primeira vez que o atopei pensei que era un pouco *snob*. Iso foi o que pensei. E non o é. Só que ten unha personalidade tan orixinal que leva un tempo coñecelo.

A Sra. Morrow non dicía nada, pero tiñádela que ver, estaba que nin se movía no asento. Colles á nai de calquera, e o único que quere oír é o estupendo tío que é o seu fillo. E entón si que empecei a dicir parvadas.

—¿Contoulle o das eleccións? ¿As eleccións na clase?

Negou coa cabeza. Tíñaa como en transo. Abofé que si.

—Ben, moitos de nós queriamos que Ernie fose o presidente da clase. Quero dicir que a cousa era unánime. Ou sexa, que era o único rapaz que podía manexalo asunto —dixen. Tío como falaba—. Pero ó final foi elixido aquel outro chaval, Harry Fencer. E a razón pola que foi elixido, a sinxela e obvia razón foi que o Ernie non deixou que o nomeasemos a el. Porque é tan tímido, e modesto, e todo. *Negouse...* É realmente tímido. Debería intentar superalo. —Mirei para ela—. ¿Non llo contara el?

—Non.

Asentín.

—Así é o Ernie. Non llo contou. Ese é o problema que ten. Demasiado tímido e modesto. Deberían facer que se relaxase ás veces.

Xusto naquel momento o trinca veu pedirlle o billete á Sra. Morrow e deume a oportunidade de parar un pouco. Pero gústame darlle ó bico de vez en cando. Hai tíos coma o Morrow, que sempre andan a darlle a todo o mundo coa toalla no cu —e tratando de que lles doia—, que non son coma ratas só de pequenos. Seguen sendo ratas toda a vida. Pero aposto, despois de todo o que lle contei, que a Sra. Morrow sempre seguirá a pensar nel como aquel tímido e modesto rapaz que non nos deixou que o elixisemos presidente. Seguro. Aínda que nunca se sabe.

—¿Quere tomar un *cocktail?* —A min apetecíame un—. Podemos ir ó vagón-bar. ¿De acordo?

67

—Querido, ¿pero ti podes pedir bebidas con alcohol? —preguntoume. Pero ben. Era demasiado encantadora para dicirme mal.

—Ben, non exactamente. Pero podo pedilas porque son moi alto. E teño cabelo gris. —Ladeei a testa para que mirase o meu cabelo gris. Ficou fascinada—. Imos. Veña comigo, ¿por que non? Encantaríame.

—Realmente penso que non debo. Pero moitas gracias, querido. De tódolos xeitos probablemente estea pechado. É moi tarde. —Tiña razón. Eu xa esquecera a hora que era.

Logo mirou para min e preguntoume o que eu tiña medo de que me preguntase.

—Ernest escribiu dicindo que voltaba a casa o mércores, que as vacacións de Nadal empezaban o mércores. Espero que non teñas que ir a casa por enfermidade dalgún familiar. —De verdade que estaba preocupada. Non era que quixese mete-lo fuciño.

—Non. Todos están ben na casa. Son eu. Téñenme que operar.

—Ouh, ¡como o sinto! —E sentíao de veras. Lamentei axiña dicirlle aquilo, mais era demasiado tarde.

—Non é grave. É que teño un pequeno tumor no cerebro.

—¡Non! —Levou a man á boca e todo.

—Ouh, ha de ir todo ben. Non é moi adentro. É moi pequeno. Poden sacalo en dous minutos.

Logo empecei a ler aquel horario que tiña no peto. Só para parar de dicir mentiras. Unha vez que empezo, podo seguir durante horas se quero. Sen bromas. *Horas*.

Non falamos moito máis despois diso. Ela empezou a ler aquel *Vogue* que levaba, e eu miraba pola fiestra. Baixou en Nova York. Desexoume moita sorte na operación. E seguía a chamarme Rudolf. Logo invitoume a visitar a Ernie no verán, en Gloucester, Massachussetts. Dixo que tiñan a casa xusto na praia, e que tiñan pista de tenis e todo, mais eu deille as gracias e conteille que ía ir a Sudamérica coa miña avoa. O que era unha boa trola, porque a miña avoa a penas sae nunca da *casa*, a non ser para ir a algunha maldita *matinée* e cousas así. Eu non visitaría a aquel fillo de puta de Morrow nin por todo o diñeiro do mundo, nin así estivese desesperado.

Capítulo 9

O primeiro que fixen cando baixei na estación de Penn foi ir a unha cabina de teléfono. Quería chamar a alguén. Deixei as bolsas xusto fóra da cabina, para vixialas, pero cando estiven dentro, non sabía a quen chamar. O meu irmán D.B. estaba en Hollywood. A miña irmá pequena Phoebe déitase ás nove, así que non podía espertala. A ela non lle había de importar que a espertase, mais o problema era que non ía ser ela quen collese o teléfono. Ían se-los meus pais, así que non molaba. Logo pensei en chamar á nai de Jane Gallagher para saber cando empezaba Jane as vacacións, pero non me apetecía. Ademais, era moi tarde para chamala. Entón pensei naquela rapaza coa que saía moitas veces, Sally Hayes, porque sabía que xa empezara as vacacións —escribírame aquela longa e falsa carta invitándome a ir axudarlle a adorna-la árbore de nadal—, mais tiven medo de que collese o teléfono a súa nai. A súa nai coñecía á miña, e xa a imaxinaba perdendo o cu a contarlle que eu estaba en Nova York. Non toleaba por falar por teléfono coa vella Sra. Hayes. Unha vez díxéralle a Sally que eu estaba tolo. Díxolle que estaba tolo e que non tiña rumbo na vida. Tamén pensei en chamar a aquel tío que estivera comigo na escola Whooton, Carl Luce, pero non me gustaba moito. Así que ó final non chamei a ninguén. Saín da cabina, despois duns vinte minutos, collín as bolsas e fun ata aquel túnel onde están os taxis, e collín un.

Son tan distraído que lle dei ó chófer o enderezo dos meus pais, por costume. Quero dicir que esquecín totalmente que ía ficar nun hotel un par de días e que non iría á casa ata que fosen vacacións. Non pensei niso ata que xa levábamo-la metade do camiño. Daquela dixen:

—¿Non lle importa da-la volta cando poida? Deille mal o enderezo. Quero voltar ó centro. —O taxista era un tipo listo.

—Aquí non podo da-la volta. É dirección única. Agora temos que seguir ata a rúa Noventa.

Non quixen empezar unha disputa.

—Ben —dixen. E entón ocorréuseme unha cousa—. ¿Vostede sabe deses patos da lagoa que hai preto de Central Park South? ¿Non saberá onde van os patos cando está todo conxelado? —Xa me dei conta que había unha posibilidade entre un millón de que o soubese.

Deu a volta e mirou para min coma se eu estivese tolo.

—Pero ti que queres, chaval. ¿Estás de coña?

—Non, só estaba interesado. Iso é todo.

Non dixo máis nada, así que eu tampouco. Ata que saímos do parque, na rúa Noventa. Entón engadiu:

—Moi ben, compañeiro. ¿Onde imos?

—Ben, non quero quedar en ningún hotel da parte leste para non atoparme con xente coñecida. Viaxo de incógnito.

Odio dicir horteradas coma "incógnito", pero cando estou cun hortera, fago o mesmo.

—¿Sabe quen está a tocar no Taft ou no New Yorker, por casualidade?

—Nin idea, chaval.

—Entón léveme ó Hotel Edmont. ¿Non lle importaría parar no camiño a tomar un *cocktail*? Á miña conta. Estou forrado.

—Non podo, síntoo moito. –Era unha compañía caralluda. Unha personalidade tremenda.

Chegamos ó Hotel Edmont e escribinme. Puxera a miña pucha vermella da caza cando entrei na cabina, pero queiteina antes de inscribirme. Non quería que me tomasen por un tío raro. O que é irónico. Aínda non sabía que todo o condenado hotel estaba cheo de pervertidos e imbéciles. Tíos raros por todas partes. Déronme un cuarto ben ruín. Pola fiestra só se miraba o outro lado do hotel. Non me importaba moito. Estaba demasiado deprimido para interesarme polas vistas. O mozo que me levou ata o cuarto era un tipo vello, duns sesenta e cinco anos. Aínda era máis deprimente có cuarto. Un deses que peitean o cabelo dende o lado para cubri-la calva. É mellor estar calvo que facer iso. De tódolos xeitos, vaia traballo para un tipo de sesenta e cinco anos. Leva-las maletas da xente e agardar pola propina. Supoño que non debía ser moi intelixente nin nada, pero aínda así era terrible.

Cando se foi, quedei a mirar pola fiestra un rato, sen quita-lo abrigo nin nada. Non tiña outra cousa que facer. E mirade o que se vía no outro lado do hotel. Nin se molestaron en baixa-las cortinas. Había un tío de cabelo gris, de aspecto moi distinguido, en calzoncillos, facendo algo que non me creredes. Primeiro puxo a maleta na cama, sacou uns vestidos de muller e púxoos. Vestidos de muller de verdade, medias de seda, zapatos de tacón, sostén, e un deses corsés

72

e todo. Logo puxo un vestido de noite negro moi axustado. Xúrovolo por Deus. E entón empezou a pasear polo cuarto arriba e abaixo, a pasos curtos, coma unha tía, e fumando un cigarro e mirándose no espello. Estaba só na habitación. Único que houbese alguén no baño, que eu non podía ver. Logo, na fiestra de enriba, vin un home e unha muller meténdose auga pola boca un ó outro. Seguro que era algunha bebida, mais eu non podía mira-lo que tiñan nos vasos. O caso é que primeiro botou el auga por riba dela, e logo ela fíxolle o mesmo a el. Por quenda. Tiñades que velos. Histéricos, todo o tempo, coma se fose a cousa máis pavera do mundo. Non estou de coña, aquel hotel estaba cheo de dexenerados. Probablemente eu era o único normal. Estiven por mandar un telegrama ó Stradlater dicíndolle que collese o primeiro tren para Nova York. Sería o rei do hotel.

O caso é que esta clase de cousas resultan fascinantes de mirar, aínda que un non queira. Por exemplo aquela rapaza á que lle estaban deitando auga por toda a cara era ben xeitosa. Iso é o meu problema. Na imaxinación son o máis grande maníaco sexual que poidades figurar. Ás veces penso cousas realmente asquerosas que non me importaría facer se tivese ocasión. Penso que mesmo podería ser divertido, dun xeito asqueroso, estando os dous penecos e tal, coller a unha rapaza e botarlle auga por toda a cara. Aínda que non me gusta a idea. Se non che gusta unha rapaza non deberías andar a face-lo parvo con ela, e se che gusta, entón supon-se que che gusta a súa cara e, nese caso, non deberías facerlle estas cousas noxentas. É unha pena que as cousas asquerosas sexan ás veces tan divertidas. A verdade é que elas tampouco axudan moito, cando un empeza a non querer pasarse. Hai un par de anos coñecín a unha moza que aínda era moito máis porca ca min. Tío, ¡que porca era! Pasámolo moi ben durante un tempo, dun xeito asqueroso. O sexo é algo que non entendo moi ben. Un nunca sabe onde está. Paso a vida facendo normas para min do que hei ou non hei facer co sexo, e sempre racho con elas. O ano pasado púxenme a obriga de que non había de face-lo parvo con mozas que non me gustasen de verdade. E racheina aquela mesma semana, aquela mesma noite. Pasei toda a noite dando o lote cunha parva que se chamaba Anne Louise Sherman. O sexo é unha cousa que non entendo. Xuro por Deus que non.

Empecei a xogar coa idea, mentres estaba alí, de chamar á Jane, chamala a B.M. onde estudiaba, e non á súa nai para que me dixese cando voltaba. Non se podía chamar ás estudiantes pola noite tan tarde, pero eu xa pensara en todo. A quen collese o teléfono diríalle que era o tío dela, e que a tía tivera un accidente e morrera, que tiña que falar con ela inmediatamente. Seguro que funcionaba. Non chamei porque non me sentía inspirado. Hai que estar inspirado para facer esas cousas.

Despois sentei nunha cadeira e fumei un par de cigarros. Estaba saído, teño que recoñecelo. E entón tiven aquela idea. Collín a axenda e empecei a buscar certo enderezo que un fulano me dera nunha festa no verán. Era un que ía a Princeton. Por fin atopeino. O papel estaba todo descorido, mais aínda se podía ler. Era o enderezo dunha rapaza que non era puta nin nada, pero que non lle importaba facelo de vez en cando, segundo me dixo o fulano de Princeton. Nunha ocasión seica a levou a un baile en Princeton, e case o botan a patadas por ir con ela. Disque traballara nun *streap-tease* ou algo así. O caso é que fun a un teléfono e chameina. Chamábase Faith Cavendish e vivía no

Hotel Stanford Arms na Avenida Sesenta e Cinco esquina Broadway. Un cabanote, sen dúbida.

De primeiras pensei que non estaba. Non collían o teléfono. Logo alguén colleuno.

—Ola –dixen. Puxen unha voz profunda, para que non sospeitasen a miña idade. Aínda así teño xa unha voz ben profunda.

—Ola –contestou unha muller, non moi amistosa.

—¿É a señorita Faith Cavendish?

—¿Quen é? ¿Quen me chama a esta condenada hora?

Iso meteume un pouco de medo.

—Ben, xa sei que é un pouco tarde –dixen con aquela voz tan cumprida–. Espero que me perdoe, mais é que estaba ansioso de porme en contacto con vostede. –Falei suave coma o demo.

—¿Pero quen é?

—Non me coñece. Son amigo de Eddie Bridsell. Díxome el que cando viñese á cidade, que a chamase para tomar un *cocktail* ou dous.

—¿Quen? ¿Amigo de quen? –Era unha tigresa ó teléfono. Estaba berrando coma unha tola.

—Edmund Birdsell. Eddie Birdsell. –Podíase ver que lle andaba a dar voltas ó nome na cabeza.

—Birdsell... Birdsell... de Princeton, ¿de Princeton College?

—Iso é.

—¿Ti tamén es de Princeton?

—Si, máis ou menos.

—¿E como está Eddie? De tódolos xeitos esta é unha hora un pouco rara para chamar. ¡Xesús!

—Está ben. Pediume que che dese recordos.

—Moitas gracias. Dálle recordos *a el*. É unha gran persoa. ¿E que anda facendo agora? –Estábase pondo amistosa.

—Ouh, xa sabes, o de sempre. —Que sabía eu o que estaba a facer. Case non coñecía ó tío. Nin sabía se aínda estaba en Princeton.

—Mira —dixen—. ¿Quererías verte comigo para tomar unha copa nalgunha parte?

—¿Pero ti sabes que hora é? ¿E como te chamas, se se pode saber? —Estábaselle pondo acento inglés—. Pola voz pareces moi novo.

Eu rin.

—Gracias polo piropo —dixen suave coma o demo—. O meu nome é Holden Caulfield. —Debería darlle un nome falso, pero non se me ocorreu.

—Ben, señor Cawfle, non teño costume de citarme en plena noite. Son unha muller traballadora.

—Pero mañá é domingo.

—Si, pero teño que pór a durmi-la miña beleza. Xa sabes como é a cousa.

—Pensei que poderiamos tomar un *cocktail* xuntos. Non é tan tarde.

—Es moi amable. ¿Dende onde estás chamando?

—Estou nunha cabina.

—Ouh —dixo, e houbo aquela pausa tan longa—. Gustaríame moito quedar contigo nalgún intre. Pareces unha persoa moi atractiva. Pero *é tarde*.

—Podería achegarme por onda túa casa.

—Si, encantaríame que viñeses a tomar unha copa, pero a miña compañeira de cuarto está mala. Leva toda a noite sen durmir. Xusto agora durmiuse.

—Ouh, ¡vaia!

—¿Onde estás parando? Podemos quedar mañá.

—Non podo. Esta noite é a única ocasión.

Que parvo fun. Nunca debín dicir iso.

—Síntoo.

—Dareille recordos a Eddie.

—Moitas gracias. Espero que te divirtas en Nova York. É un lugar marabilloso.

—Ben sei. Gracias. Boas noites. –E colguei.

Que parvo fun. Polo menos debín quedar para unhas copas ó outro día.

Capítulo 10

AÍNDA era cedo. Non sei que hora era, pero non tarde. A única cousa que non podo facer é deitarme cando non estou canso. Así que abrín as maletas, collín unha camisa limpa, fun ó baño, laveime e mudei a camisa. Decidín baixar e botar unha ollada a ver que pasaba no Lavender Room. Tiñan un clube nocturno, o Lavender Room, alí, no hotel.

Mentres mudaba de camisa case lle dou unha chamada á miña irmá pequena Phoebe. De verdade que quería falar con ela. Con alguén que tivese un pouco de sentido. Mais non podía arriscarme. Era moi pequena e non había de estar a pé, e moito menos preto do teléfono. Pensei en colgar se contestaban meus pais, pero seguro que adiviñaban que era eu. A miña nai sempre sabe que son eu. E meiga. Ben que me gustaría botar unha parrafada con Phoebe por teléfono.

Tiñades que vela. Seguro que en toda a vosa vida nunca vistes nena tan curriña. É marabillosa. E sempre con sobresalientes en todas, dende que empezou na escola. Agora que o penso, eu son o único parvo da familia. O meu irmán D.B. é escritor e todo, o meu irmán Allie, o que morreu, que xa volo contei, unha aguia. Eu son o único parvo. Mais tiñades que ver á miña irmá Phoebe. Ten o cabelo vermello, un pouco coma Allie, e no verán lévao moi curto, pegado detrás das orellas. Unhas orellas pequenas e bonitas. E no inverno longo. Ás veces a miña nai faille trenzas, outras veces non, sempre vai moi curriña. Só ten dez anos. É moi delgada, coma min, e con tipo de patinadora. Lémbrome dunha vez que a vin cruza-la Quinta Avenida para ir ó parque, e tiña tipo de patinadora. Gustaríavos. E se lle dicides calquera cousa, ela sempre sabe de que estades a falar. Pode un levala a calquera sitio. Se a levas a unha película ruín, por exemplo, xa sabe que a película é ruín; pero se a levas a unha moi boa, pois tamén sabe que é moi boa. D.B. e mais eu levámola a ver aquela francesa, *A muller do panadeiro*, na que traballaba Raimu, e encantoulle. Pero a súa favorita é *Os trinta e nove pasos* de Robert Donat. Sabe toda a película de memoria. Xa a levei unhas dez veces. Por exemplo, cando o Donat vai a aquela granxa en Escocia, fuxindo dos gardas, e o escocés lle pregunta: "¿Podes come-lo arenque?", pois Phoebe sempre o di tamén en alto, xusto ó mesmo tempo. E sabe de memoria todo o que se fala. Cando aquel profesor, que é un espía alemán, lle mostra a Donat aquel dedo ó que lle falta un cacho, pois Phoebe móstrame a man co seu dedo, alí, no medio da sala. Gustaríavos moito. O único que, ás veces, é un pouco agarimosa de máis. Emociónase moito. E escribe libros todo o tempo. O que é que non os acaba. Todos son dunha nena que se chama Hazel Weatherfield –aínda que ela escribe Hazle–, que é detective. Supónse que é orfa, pero o seu vello sempre aparece por alí. Sempre é "un cabaleiro alto e atractivo duns vinte anos de idade". Xa era encantadora cando pequeniña. Allie e mais eu levabámola ó parque moitas veces, especialmente os domingos. Allie tiña un bote de vela, e gustáballe dar unha volta os domingos, e Phoebe ía con nós. Levaba luvas brancas e camiñaba no medio coma unha señora. E cando estabamos a falar de calquera cousa, a Phoebe escoitaba, e cando esqueciamos que estaba alí, porque era tan pequena, ela facíanolo recordar, interrompendo todo o tempo, empuxándonos a Allie ou a min e dicindo: "¿Quen dixo iso? ¿Bobby ou a señora?" E dicíamosllo e ela dicía: "¡Ouh!", e seguía a escoitar. Ela e mais Allie tamén se levaban moi ben. Agora xa ten dez anos, xa non é tan pequena, pero séguelle caendo moi ben a todo o mundo. Polo menos ós que teñen sentido.

En fin, que era alguén con quen sempre apetece falar por teléfono. Pero eu tiña medo de que descolgasen os meus pais e descubrisen que estaba en Nova York e que me botaran de Pencey. Así que rematei de pó-la camisa, arregleime e baixei no ascensor ata o baixo, a mirar que pasaba alí. Só había uns poucos tipos con pinta de chulos, e unhas poucas rubias con pinta de putas, pero oíase música na Lavender Room, e fun para dentro. Aínda que non estaba moi cheo, déronme unha mesa cativa ó fondo de todo. Debinlle pasar un dólar por debaixo do fuciño ó camareiro. En Nova York os cartos falan, chaval. Non estou de coña.

A banda era do máis podre. Buddy Singer. Moito metal, mais non do bo —metal hortera—. E había pouca xente da miña idade no lugar. De feito ninguén. A maioría eran vellos gabachos coas queridas. Agás na mesa do lado da miña, onde estaban aquelas tres que andarían polos trinta. As tres eran ben feas, e tiñan uns sombreiros que xa se vía que non eran de Nova York. Aínda que unha delas, a rubia, non estaba moi mal. Aínda tiña un toque, e empecei a botarlle o ollo un pouco, pero entón apareceu o camareiro. Pedín whisky con soda. Díxenlle que non os mesturasen. Díxeno rápido, sen dúbida, para que non pensase que tiña menos de vinte anos –pois entón non che venden licores intoxicantes–. Aínda así tiven problemas.

—Perdoe, pero ¿ten algún documento para comproba-la súa idade? ¿O permiso de conducir, por exemplo?

Boteille unha ollada ben fría, coma se me estivese insultando gravemente, e pregunteille:

—¿Acaso teño pinta de ter menos de vinteún?

—Síntoo, señor, pero témo-las nosas...

—Moi ben, moi ben. Tráiame unha coca-cola.

Xa marchaba, cando o chamei de volta.

—¿Non lle podería botar un pouquiño de ron?

Díxenllo moi amablemente.

—É que non podo estar sentado nun sitio hortera coma este sen beber algo. ¿Non lle podería botar unha miguiña?

—Síntoo moito, señor. –E marchou. Non llo tomei a mal. Podía perde-lo traballo se o collían servíndolle alcohol a un menor. Son un condenado menor.

Empecei a botarlle o ollo outra vez ás tres bruxas do lado. Quero dicir á rubia. Ás outras dúas nin morto de fame. Pero non o fixen cruamente, senón cunha suave ollada. Elas empezaron a rir coma imbéciles. Igual pensaban que era moi novo para andar naquilo, e iso amoloume. Nin que quixese casar con elas. O que debín facer despois daquilo foi pasar, mais apetecíame bailar. Hai intres nos que me gusta moito bailar, e ese era un deles. Foi por iso que, de súpeto, boteime para diante e dixen:

—¿Queredes bailar algunha de vós? –Non llelo preguntei á brava. Moi suave. Pero as condenadas pensaron que aquilo tiña moita gracia, e aínda riron máis.

En serio, de verdade que eran tres auténticas imbéciles–. Veña. Bailarei cunha de cada vez. ¿De acordo? –Verdadeiramente apetecíame bailar.

Ó final a rubia ergueuse. Estaba claro que era a ela a quen lle falaba, e fomos para a pista. Mentres, os outros dous espantallos rían totalmente histéricos. Non sei para que me molestei.

Pero pagou a pena. A loira bailaba ben. Era unha das mellores bailarinas que atopara. Non é coña, algunhas destas mozas estúpidas fano ben nunha pista. Colles unha boa rapaza, e a metade do tempo só quere levarte a ti, ou baila tan mal que o mellor é ficar sentado na mesa e apelourarse con ela.

—Bailas moi ben –díxenlle á loira–. Debíaste facer profesional. De verdade. Unha vez bailei cunha profesional e non o facía nin a metade de ben ca ti. ¿Oíches falar algunha vez de Marco e Miranda?

—¿Que? –Nin me escoitaba. Miraba ó redor da pista.

—Dixen que se sentiches falar de Marco e Miranda.

—Non sei. Non, non sei.

—Son bailaríns. Ela é bailarina. Pero non é moi boa. Fai o que ten que facer, pero non é moi boa. ¿Sabes cando unha moza é boa bailarina?

—¿Que dis? –Nin me escoitaba. A súa mente vadiaba por todo o local.

—Digo se sabes cando unha moza é boa bailarina.

—Uh, uh.

—Pois cando poño a man na súa espalda. Se penso que non hai nada debaixo da man, nin cu, nin pernas, nin pés, nin nada, entón é que a moza é unha estupenda bailarina.

Pero nin escoitaba. Así que deixei o asunto e só bailei. ¡E como bailaba aquela parva! Buddy Singer e a súa fedorenta banda estaban a tocar *Só unha daquelas cousas* e nin eles conseguían arruinala de todo. É unha canción moi boa. Non tentei ningunha trafulgada mentres bailabamos, pero movíaa ben ó redor, e ela seguíame. A cousa é que eu pensaba que ela estaba disfrutando, ata que de súpeto saíu con aquela andrómena.

—Onte á noite eu e mailas miñas amigas vimos a Peter Lorre, o actor, en persoa. Estaba mercando o xornal. É guapo.

—Si que tedes sorte. De verdade. —Era realmente imbécil. Pero bailaba ben. Non puiden evitar darlle un bico na cabeza e todo. Ela enrabuxouse.

—Eh. ¿Que pasa?

—Nada. Bailas moi ben. Teño unha irmá pequena que está só no cuarto grao e baila mellor que calquera, vivo ou morto. Pois ti bailas tan ben coma ela.

—Ten coidado como falas, se non che importa.

Que señora, tío. Unha raíña, polo amor de Cristo.

—¿De onde sodes?

Non respostou. Andaba mirando se estaba por alí o Peter Lorre, supoño.

—¿De onde sodes?

—¿Que?

—¿De onde sodes? Non contestes se non queres. Non te esforces.

—Seattle, Washington —dixo, e parecía que me facía un gran favor.

—Es unha boa conversadora. ¿Sabíalo?

—¿Que?

Deixeino. Era máis do que daba de si.

—¿Queres facer un pouco de *jitterbug* se tocan unha rápida? Non en plan hortera, chimpando e tal, só tranquilo. Cando tocan unha rápida séntanse todos menos os vellos e os gordos, e teremos sitio. ¿Vale?

—Dáme igual. ¿E ti cantos anos tes?

Iso xiringoume.

—¡Xesús! Déixao. Teño doce. É que estou grande para a miña idade.

—Escoita. Xa cho dixen. Non me gusta que fales así. Se vas falar así vou e séntome coas miñas amigas.

Pedín desculpas. A banda estaba empezando unha rápida. E comezou a facer *jitterbug* comigo, suave, tranquila, sen horteradas. Facíao moi ben. Só tiña que tocala, e daba a volta movendo o cu. Eu estaba encantado. Cando voltamos para a mesa xa ía medio namorado. Iso é o que pasa coas mozas, que en canto fan algo bonito, aínda que sexan feas ou estúpidas, namórase un delas, e logo xa non sabes nin onde estás. As mozas. ¡Xesús! Poden facerte tolear. Seguro que si.

Non me convidaron a sentar na súa mesa —porque eran unhas ignorantes—, mais eu sentei de todas maneiras. A loira coa que bailara chamábase Bernice Crabs ou Krebs. As dúas feas eran Marty e Laverne. Díxenlles que me chamaba Jim Steele, así, porque si. Logo tentei ter unha conversa intelixente, pero foi imposible. Era difícil dicir cal era a máis estúpida de todas. E veña as tres a mirar ó redor do salón, coma se fose a entrar un rabaño de estrelas de cine dun momento a outro. Probablemente pensaban que as estrelas de cine ían pola Lavender Room cando estaban en Nova York, en vez de ir ó Stork Club ou ó Morocco. Levoume media hora que me dixesen onde traballaban en Seattle. Traballaban todas nunha oficina de seguros. Pregunteilles se lles gustaba, mais non había xeito de que aquelas zoupas desen unha resposta intelixente. Pensei que as dúas feas serían irmás, pero sentíronse moi insultadas cando llelo dixen. A ningunha delas lle gustaba a idea de parecerse á outra, e non me estraña, pero foi pavera a cousa.

Bailei coas tres —todas tres—, unha de cada vez. Unha das feas, Laverne, aínda non bailaba moi mal, pero a outra, a Marty, era o demo. Era coma arrastra-la estatua da Liberdade polo chan. O único xeito de pasalo ben mentres turraba dela era rir un pouco. Así que, díxenlle que mirase a Gary Cooper, o actor, no outro lado da sala.

—¿Onde? —preguntou, excitada.

—Ah. Xa se foi. ¿Por que non miraches cando cho dixen?

Case parou de bailar e empezou a mirar por riba das cabezas da xente, a ver se aínda estaba.

—¡Que pena! —Rompéralle o corazón. De verdade. Sentino por ela. Hai xente da que non se debe un rir, aínda que o merezan. E o máis gracioso foi que cando voltamos á mesa a Marty díxolle ás outras que Gary Cooper acababa de saír. Tío, a Laverne e a Bernice case se suicidan cando oíron tal. Excitáronse moito e preguntáronlle a Marty se ela o vira. E a Marty dixo que un pouquiño, de esguello. Aquilo case tira comigo.

O bar xa ía pechar, así que pedín dúas bebidas máis para cada unha antes de que pechasen, e outras dúas coca-colas para min. Toda a condenada mesa estaba chea de vasos. A fea, Laverne, ríase de min porque bebía coca-colas. Tiña un fino sentido do humor. Ela e maila Marty tomaban Tom Collins. ¡En pleno decembro! Non sabían máis. A loira Bernice tomaba bourbon con auga, e baixábale ben. As tres seguían mirando se entraban estrelas de cine. Non daban fala. A Marty falaba máis cás outras. Pero non dicía máis que paridas, como chamarlle ó servicio "o cuarto das rapaciñas", e cando o clarinete de Buddy Singer se ergueu e tocou un par de escalas que chirriaban os oídos, a ela pareceulle boísimo. Unha hortera. A outra fea, Laverne, pensaba que era moi lista. Non paraba de dicirme que chamase ó meu pai e lle preguntase que ía facer esa noite. E veña a preguntarme se o meu pai tiña unha querida ou non. Catro veces mo largou, a moi lista. A Bernice, a loira, non dicía nada. Cando eu lle preguntaba algo dicía: "¿Que?" Facíame tolear.

De súpeto, axiña remataron coas bebidas, erguéronse e dixeron que ían para a cama. Seica tiñan que erguerse cedo pola mañá para ir ó *show* de Radio City. Eu quería que quedasen un pouco máis, pero non houbo maneira. Así que, dixémonos adeus. Comenteilles que xa as visitaría en Seattle algún día, se é que ía por alí, pero dubido que vaia. A visitalas, quero dicir. Co tabaco e todo, a conta subiu a trece pavos. Polo menos puideron paga-lo que tomaran antes de que eu me arrimase a elas —por suposto que non lles deixaría—, pero penso que debían terse ofrecido a pagar. Mais non me importaba. Eran tan ignorantes, e tiñan aqueles sombreiros tan tristes. E aquilo de que se erguesen cedo para ir ve-lo primeiro *show* de Radio City deprimírame. Se alguén, por exemplo unha rapaza cun sombreiro arrepiante, fai toda a viaxe de Seattle a Nova York e acaba erguéndose cedo para ir ve-lo *show* de Radio City, iso deprímeme tanto que non podo atura-lo. Estaría disposto a pagarlles cen copas só para que non me contasen tal cousa.

De seguida funme da Lavender Room. Xa estaban pechando. Había tempo que a banda deixara de tocar. Era un deses sitios nos que non se pode estar se non é bailando cunha rapaza que saiba facelo, ou polo menos que o camareiro che deixe tomar copas de verdade, e non coca-cola. Non hai un só clube de noite no mundo no que poida un sentarse durante moito tempo se non é para apelourarse, a non ser que esteas cunha moza que che guste moito.

Capítulo 11

DE súpeto, cando saía de alí, metéuseme outra vez a Jane Gallagher nos miolos. Tíñaa dentro e non podía botala fóra. Sentei nunha noxenta cadeira que había na entrada e pensei nela e no Stradlater sentados no coche de Ed Banky, e aínda que estaba ben certo de que o Stradlater non lla metera —coñecía a Jane coma se a parise—, con todo non podía quitala da cabeza. Coñecíaa ben. Á parte das damas, gustábanlle tódolos deportes, e xogaramos todo o verán ó tenis polas mañás e ó golf case tódalas tardes. Cheguei a coñecela moi intimamente. Non quero dicir sexualmente, pero é que andabamos xuntos todo o tempo. Non sempre hai que pórse moi sexi para coñecer ben a unha moza.

Coñecina porque o seu dóberman *Pinscher* viña cagar ó noso xardín tódolos días e a miña nai alporizábase moito. Chamou á nai de Jane e armoulle unha escandaleira. A miña nai sempre arma escandaleiras por estas cousas. Dous días despois vin a Jane deitada a carón da piscina, no clube, e díxenlle ola. Sabía que vivía na casa do lado, mais nunca antes lle falara nin nada. Pero ela pasou de min, e levoume unha chea de tempo convencela de que a min importábame un

87

carallo onde cagase o seu can. Por min podía cagar na sala. A cousa foi que despois diso fixémonos amigos e aquela mesma tarde xogamos ó golf. Aínda lembro que perdeu oito bolas. *Oito*. Fixen un grande esforzo para conseguir que polo menos abrise os ollos cando lle daba á bóla co pau. Mellorou moito comigo. E é que eu son moi bo xogador. Se volo contase non o creriades. Unha vez ía saír nunha película, mais troquei de mentes no derradeiro minuto. Pensei que unha persoa que odia o cine coma min sería moi falsa se despois aparecese dándolle ó pau nunha película.

A Jane era un pouco rara. Non era moi bonita, pero a min gustábame. Tiña unha boca que, cando falaba e se excitaba, íalle para todas partes. E nunca a pechaba de todo. Sempre a tiña un pouco aberta, especialmente cando xogaba ó golf, e cando estaba a ler un libro. Sempre estaba a ler, e lía libros moi bos, de poesía e todo. Foi a única, fóra da miña familia, á que lle amosei a luva de béisbol de Allie, cos poemas que tiña. Non coñecera a Allie, porque aquel era o seu primeiro verán en Maine —antes diso ía a Cabo Cod— mais conteille moitas cousas del, e interesáballe.

A miña nai non lle gustaba, porque nin ela nin a súa a saudaban. Atopábaas moitas veces na vila, onde Jane e maila nai ían á feira no Lasalle descapotable que tiñan. A miña nai non pensaba que Jane fose guapa, pero a min gustábame.

Acórdome dunha tarde. Foi a única vez que case nos liamos. Era sábado e chovía a cachón. Estabamos na súa casa, no porche, xogando ás damas. Ás veces facíame rir porque deixaba tódalas damas na fileira de atrás, pero non me gustaba rirme moito dela. É pavero, gústame rirme das rapazas tan pronto se presenta a ocasión, pero coas que me gustan non o fago. Moitas veces sei que lles gustaría, pero é difícil empezar a rirte dunha moza cando xa a coñeces de atrás. O caso é que estaba a contarvos daquela tarde na que a Jane e mais eu case nos liamos. Chovía, estabamos alí fóra, no porche, e de súpeto aquel borrachón co que casara a súa nai saíu a preguntarlle se había tabaco na casa. Eu non o coñecía moito nin nada. Parecíame desa clase de tíos que non che falan se non é para pedir algo. Tiña unha piollosa personalidade. O caso é que Jane nin lle contestou cando el preguntou se había tabaco na casa. E o tío outra vez, e ela sen respostar. Nin levantou a mirada, así que o fulano foise para adentro de novo. E entón eu pregunteille que era o que sucedía, mais ela tampouco me respondía *a min*. Facía coma quen estaba moi concentrada no xogo. E nestas, de súpeto, unha bágoa caeu no taboleiro. Tío, nun dos cadros negros, aínda parece que a vexo. Limpouna co dedo. Non sei por qué, pero fiquei amorriado. O que fixen foi levala para o rolinquín e sentar á súa beira —case sentei no seu colo–. Daquela *de verdade* empezou a chorar, e eu empecei a darlle bicos por todas partes, ollos, nariz, fronte, orellas, por toda a cara menos na boca, non me deixaba bicala na boca. E esa foi a vez na que máis preto estivemos de liarnos. Despois dun pouco ergueuse e foi para dentro e puxo aquel xersei vermello que tanto me gustaba a min, e fomos ó cine. Polo camiño pregunteille se Mr. Cudahy —ese era o nome do borrachón– tentara algunha vez facerlle algo. Era moi nova, pero tiña un corpo que eu non poría diante daquel fillo de puta de Cudahy. E dixo que non, e nunca descubrín que fora o que pasara. Con algunhas mulleres un nunca descobre o que pasa.

Non quero que pensedes que a rapaza era un cacho de xelo, só porque non andaba a liarse por aí. Por exemplo, iamos collidos da man moitas veces. Ben sei que non é moito, pero era estupendo. Moitas mozas, se as colles da man, déixana morta, ou empezan a movela todo o tempo, coma se tivesen medo de aburrirte. Con Jane era distinto. Metiámonos no condenado cine e colliámonos da man, e xa non nos soltabamos ata que remataba. E sen muda-la postura nin darlle importancia. Non me importaba se me suaba a man ou non. O único que sabía é que era feliz. De verdade.

Outra cousa que lembro agora. Unha vez no cine fixo unha cousa que me enlevou. Estaban dando as noticias e sentín aquela man detrás do pescozo. Era a de Jane. Foi unha cousa rara porque era moi nova. Cando se ve a unha moza facendo iso, sempre é de vintecinco ou trinta anos para riba, e fanllo ó seu home, ou ó seu fillo pequeno. Por exemplo, eu fágollo á miña irmá Phoebe de cando en vez. Pero cando é unha rapaza nova a que o fai, é tan bonito que alucinas.

E iso é o que eu estaba pensando mentres me sentaba naquela cadeira noxenta da entrada. En Jane. Cada vez que a vía co Stradlater no coche de Ed Banky, toleaba. Sabía que non o deixaría chegar moi alá, pero toleaba igual. Nin tan sequera me gusta falar diso, se hei dici-la verdade.

Xa case non ficaba ninguén alí. Tampouco aquelas loiras con pinta de putas, e apeteceume largarme. Era deprimente. Non estaba canso nin nada, así que fun ó meu cuarto e puxen o gabán. Tamén botei unha ollada pola fiestra, a ver se todos aqueles dexenerados seguían aínda con marcha, pero xa non había luz. Baixei outra vez no ascensor, collín un taxi e díxenlle ó chófer que me levase a Ernie's. Ernie's é aquel clube en Greenwich Village ó que o meu irmán D.B. ía tantas veces antes de marchar a Hollywood a prostituírse. De cando en vez levábame con el. Ernie é un negro grande e gordo que toca o piano. É moi *snob*, e se non es unha importante celebridade nin che fala, pero toca moi ben o piano. Tan ben que ás veces é un pouco hortera. Non sei exactamente o que quero dicir, pero é así. Gústame moito escoitalo, seguro, mais ás veces danme ganas de lle bota-lo piano enriba. Penso que é porque cando toca, nótase aínda máis que é desa clase de tíos que nin che falaría, se non es unha celebridade.

Capítulo 12

O taxi que collín era moi vello. Cheiraba coma se alguén acabase de baleira-lo estómago dentro del. Sempre que vou nun taxi pola noite, tócame un desta clase vomitiva. O peor era que estaba todo deserto, aínda que era sábado. Non vin case ninguén na rúa, só de vez en cando unha parella collida da cintura cruzando, ou un fato de tipos coas súas amigas, todos a rir coma hienas de calquera parvada que aposto a que non tiña a menor gracia. Nova York é terrible cando alguén ri na rúa de noite. Óese a moitas millas, e fai que un se sinta só e deprimido. O que quería era ir a casa e falar con Phoebe un pouco. Pero ó final, despois dun rato, o taxista e mais eu comezamos unha conversa. Chamábase Horwitz, e era moito mellor tipo có outro. Pensei que el si sabería o dos patos.

—Eh, Horwitz, ¿tes pasado pola lagoa de Central Park, ó lado de Central Park South?

—¿A que?

—A lagoa. O pequeno lago que hai alí, onde os patos.

—Si. ¿Que lle pasa?

—Pois, ¿sábe-los patos que nadan por alí, na primavera e tal? ¿Sabes onde van no inverno, por casualidade?

—¿Onde vai quen?

—Os patos. Quero dicir, ¿vén alguén cun camión e lévaos, ou van eles sós voando cara ó sur, ou...?

O Horwitz deu a volta e mirou para min. Tiña pinta de impaciente, aínda que non era mal tipo.

—¿E como o vou saber? ¿Como vou saber unha cousa tan parva coma esa?

—Home. Non se cabree.

Seica se cabreara por aquilo, non sei.

—¿Quen se cabrea? Ninguén se cabrea.

Deixei a conversa, xa que se poñía así, pero entón comezou el de novo. Deu a volta outra vez, e dixo:

—Os *peixes* non van a ningures. Fican alí, os peixes, xusto no medio do lago.

—Os peixes é distinto. Eu falo dos patos.

—¿Que é distinto? Nada é distinto. —Falaba sempre coma se estivese cabreado.

—O inverno é máis difícil para os peixes que para os patos, polo amor de Deus. Usa a cabeza, polo amor de Deus.

Por un minuto non dixen nada. E logo:

—Moi ben. ¿E que fan os peixes cando toda a lagoa fica sólida coma un bloque de xeo, coa xente a patinar e todo?

O vello Horwitz deu a volta outra vez máis.

—¿Que carallo dis, que fan? —berrou—. Fican alí, xusto onde están.

—Non poden ignora-lo xeo, nin facer coma se non o houbese.

—¿E quen o ignora? Ninguén o ignora.

Excitouse tanto que tiven medo de que fose esnafra-lo coche contra unha farola.

93

—Viven no maldito xeo. É a súa natureza. Quedan conxelados na mesma postura todo o inverno.

—¿Si? ¿E que comen? Quero dicir que se están conxelados, duros, non poden nadar e coller comida.

—Os seus *corpos*, ¡polo amor de Deus!, os seus corpos nútrense das algas e da merda que hai polo xeo. Teñen os *poros* abertos todo o tempo. Esa é a súa *natureza*. ¿Enténdelo?

E virouse totalmente contra min.

—Ah —dixen. E deixeino. Tiña medo de que fose enmorrar contra algo. Ademais, cabreábase tanto que xa non era un pracer falar con el.

—¿Quere parar a tomar unha copa nalgún sitio?

Non respostou. Supoño que aínda estaba a pensar. Pregunteille outra vez. Era un bo tipo. E gracioso.

—Non teño tempo para licores, compañeiro. Ademais, ¿cantos anos tes? ¿Non tiñas que estar xa na cama?

—Non estou canso.

Cando baixei diante de Ernie's e paguei, o vello Horwitz saíu cos peixes outra vez. Verdadeiramente tíñaos nos miolos.

—Escoita. Se ti foses un peixe, a nai natureza coidaría de *ti*, ¿non é? ¿Non pensarás que os pobres dos peixes *morren* cando chega o inverno, eh?

—Non, pero...

—Pois tes razón que non. —E saíu fungando coma un morcego do inferno. Era o tío máis mixiriqueiro que coñecín na vida. Todo o amolaba.

Aínda que era tarde, Ernie's estaba cheo a tope. A maioría eran dos derradeiros anos da secundaria, ou dalgunha facultade. Non hai unha condenada escola no mundo que non colla as vacacións antes cás miñas. Estaba tan cheo que non se podía nin deixa-lo gabán. Mais o ambiente era moi tranquilo, pois Ernie tocaba o piano. Supoñíase que cando el tocaba era algo *sagrado*. ¡Polo amor de Deus! Ninguén é *tan* bo. Ademais de min, había outras tres parellas agardando por unha mesa, e estaban cos pés de punta, para tentar de ollar a Ernie. Tiña un espello grande diante do piano, cunha luz enfocándoo para que todos puidesen ve-la súa cara mentres tocaba. Non se vían os seus *dedos*, pero si a súa cara. Non estou seguro de cal era a canción que tocaba cando entrei, mais estábaa escarallando. Moitos adornos nas notas altas e outros trucos que a min fanme doe-lo cu. Pero tiñades que ver á xente cando rematou. Toleaban. Era a mesma clase de xente que sempre ri no cine as cousas que non son paveras. Xuro por Deus que se eu fose pianista ou actor ou calquera cousa aborreceríaos. Nin sequera consentiría que aplaudisen. Sempre aplauden cando non deben. Se eu fose pianista, tocaría no cuarto dos trastos. O caso é que cando rematou, e mentres todo o mundo berraba e tal, o vello Ernie deu a volta na banqueta e fixo aquela falsa reverencia *humildosa*. Coma se fose un tío moi, moi humilde, á parte de ser un espampanante pianista. Todo bastante falso, e pavero. Cando rematou, deume un pouco de pena, pois penso que xa non sabe cando toca ben ou mal. A culpa non é toda súa. Tamén é dos parvos que tanto aplauden. Confundirían a calquera, se lles deixasen. O caso é que aquilo deprimiume de novo e a pique estiven de colle-lo gabán e voltar para o hotel, pero aínda era cedo, e non me apetecía estar só.

Déronme unha mesa fedorenta contra a parede, xusto detrás dunha columna, de xeito que non se miraba nada. Era unha desas mesas pequeniñas que se a xente do lado non se ergue para deixarte pasar —e nunca se erguen, os fillos de puta— practicamente tes

95

que *agavear* á túa cadeira. Pedín un whisky con soda, que é a miña copa favorita, despois dos daiquiris xeados. Aínda que tiveses seis anos, daríanche licores en Ernie's. O sitio estaba moi escuro e, ademais, a ninguén lle importaba os anos que tes. Podes estar alí, colgado do cabalo, que a ninguén lle importa.

Estaba rodeado de colexiais. Noutra mesa pequena, xusto á miña esquerda, había un tío ridículo cunha tía ridícula. Da miña idade, ou quizais un pouquiño máis vellos. Notábase que bebían a modiño a consumición mínima. Escoitei un pouco o que dicían, pois non tiña outra cousa que facer. El falábelle dun partido de fútbol que vira pola tarde, e dáballe detalles sen deixar un. Era o tío máis aburrido que escoitei na miña vida. Ben se vía que ela non tiña o máis mínimo interese no xogo, pero era tan fea que supoño que *tiña* que escoitar. As rapazas moi feas lévana boa. Ás veces danme pena. Ás veces non podo nin mirar para elas, especialmente se están cun gilipollas que lles anda a contar un partido de fútbol. Á miña dereita a conversa aínda era peor. Un tío con pinta de ir a Yale, cun traxe de franela gris e un chaleco amariconado. E tiñades que oí-la conversa que levaban. Víanse os dous un pouco penecos e el metíalle a man por debaixo da mesa mentres lle contaba que un compañeiro seu de cuarto tentara suicidarse tomando un tarro enteiro de aspirinas. E ela dicía:

—Que arrepiante... Non, querido, aquí non, por favor, non.

¡Imaxinade: estar a meterlle man a alguén e, ó mesmo tempo, falarlle dun tío que se quería suicidar! Eu alucinaba.

Certamente empezaba a sentirme coma un parvo alí sentado, eu só. Non había que facer, agás fumar e beber. Así que o que fixen foi dicirlle ó camareiro que lle pedise a Ernie que viñese tomar unha copa comigo. Que lle dixese que eu era o irmán de D.B. Pero non creo nin que lle pasase a mensaxe. Eses fillos de puta nunca dan as mensaxes a ninguén.

E de súpeto, aquela tía veu cara a min e dixo:

—¡Holden Caulfield!

Chamábase Lillian Simmons. O meu irmán D.B. saíra con ela un tempo. Tiña grandes tetas.

—Hola. —Tentei erguerme, pero érache un bo traballo naquel sitio. Ía con ela un oficial da Mariña que tal parecía que tivese o sabre entalado no cu.

—¡Que marabilloso verte! —dixo a Lillian, máis falsa ca unha burra—. ¿E como está o teu gran irmán? —Iso é o que ela quería saber.

—Está moi ben. Está en Hollywood.

—¡En Hollywood! ¡Que marabilla! ¿E que fai?

—Non o sei. Escribe. —Non me apetecía falar diso. Ben se vía que ela pensaba que era unha grande cousa estar en Hollywood. Moita xente pénsao, sobre todo a xente que nunca leu ningunha das súas historias.

—¡Que emocionante! —dixo a Lillian, e presentoume ó tío da Mariña. Chamábase Comandante Blop, ou algo así. Era un deses tíos que pensan que non son bastante homes se non che rompen polo menos corenta dedos cando che dan a man. Aborrezo tal cousa.

—¿E estás só? —Estaba bloqueando o condenado tráfico do pasillo. Víase que lle gustaba bloquea-lo tráfico. Había un camareiro agardando a que se movese, mais ela facía que nin se enteiraba. Tiña coña a cousa. Nin ó camareiro lle gustaba nin ó da Mariña tampouco, aínda que saíse con ela. Tampouco a min me gustaba. A ninguén. De pena.

—¿Non é guapo? —díxolle ó da Mariña—. Holden, a cada minuto estás máis guapo.

97

O da Mariña díxolle que se movese, que estaba bloqueando toda a sala.

—Holden, ven con nós. Trae a copa.

—Xa me ía. Quedei con alguén.

Ben me decataba que só quería quedar a ben comigo, para que llo fose contar a D.B.

—De acordo, pequeno. Cando vexas ó teu irmán dille que o aborrezo.

E foise. O da Mariña e mais eu dixémonos que estabamos encantados de coñecernos, cousa que me dá noxo. Sempre ando a dicir que estou encantado de coñecer a xente que non me gusta un carallo. Hai que facer estas cousas para sobrevivir.

Como lle dixera que tiña que marchar, non me quedou máis remedio que saír. Non puiden agardar a ver se o vello Ernie tocaba ó fin algo decente. Pero dende logo non estaba disposto a sentar nunha mesa coa Lillian Simmons e o da Mariña para aburrirme coma o demo. Así que lisquei. Rabiaba mentres poñía o gabán. Sempre ten que vir alguén a xiringalo a un.

Capítulo 13

Voltei ó hotel a pé. Corenta e un marabillosos bloques. Non é que quixese camiñar, pero non me apetecía pasar toda a noite entrando e saíndo dos taxis. Ás veces un cansa de andar en taxi, o mesmo que pode cansar de andar en ascensor. De súpeto sénte-la necesidade de camiñar, non importa que sexa moi lonxe ou que teñas que subir moi alto. Cando era pequeno subía moitas veces a pé ata o noso piso, que era o doce.

Xa nin parecía que nevara. Só ficaba un pouquiño de neve nas vielas. Pero xeaba, collín a miña pucha vermella do peto e púxena –non me importaba a pinta que puidese levar–. Mesmo baixei as orelleiras. Gustaríame saber quen foi o que me colleu as luvas en Pencey. Tiña as mans moi frías. Non é que lle fose facer nada. A verdade é que son bastante medrán, aínda que procuro que non se me note. Por exemplo, se descubrise quen me roubou as luvas en Pencey, o que faría sería ir ó cuarto do ladrón e dicirlle:

—Moi ben. ¿E que tal se me devólve-las luvas?

Daquela o ladrón probablemente diría, con voz de inocente:

—¿Que luvas?

Entón eu iría ó seu roupeiro e atoparíaas nalgún sitio, talvez entre as botas ou algo así, e colleríaas, e diríalle:

—Supoño que estas luvas son as túas.

El poría unha mirada moi falsa e de santiño:

—Nunca vira esas luvas na miña vida. Se son túas, lévaas. Eu non as quero para nada.

E entón eu ficaría alí uns cinco minutos, coas condenadas luvas na man, sentindo que o que tiña que facer era darlle unha boa lapada e partirlle a cara. Pero non tería collóns, así que ficaría alí facéndome o duro, e diríalle algunha faltada —en vez de darlle un bo castañazo—. O caso é que, se lle botaba unha faltada, el probablemente se poría en pé e viría para min e diría:

—Escoita, Caulfield. ¿Estás a chamarme ladrón?

E eu, en vez de dicirlle: ”Efectivamente. Es un ladrón fillo de puta”. Probablemente o que diría é: “O único que sei é que as miñas luvas estaban nas *túas* botas”.

E como o tío daquela xa estaría seguro de que non lle ía mandar un castañazo, engadiría: “Imos deixar isto ben claro. ¿Estás a chamarme ladrón?”. E eu: “Ninguén está a chamarte nada. Pero as miñas luvas estaban nas túas botas”. E a cousa podía seguir así horas, aínda que ó final eu acabaría por saír do cuarto sen darlle unha lapada. Baixaría ó váter a botar un cigarro e poríame en plan moi duro a mirar para o espello.

Niso ía eu pensando mentres voltaba para o hotel. Non é boa cousa ser un medrán. Aínda que se cadra non son tan medrán, o que pasa é que son un deses tíos ós que non lles importa perder unhas luvas. Un dos meus problemas é que nunca me amolou perde-las cousas —cando era pequeno a miña nai poñíase tola—. Algúns tipos pasan *días* a busca-lo que perderon. Eu non parezo ter nada que me importe perder. E quizais é por iso que son un pouco medrán. Aínda que non é excusa. Un non debería ser medrán para nada, e se hai que lle dar unha lapada a alguén, dáselle. Pero non vallo para iso. Preferiría empuxar a un tío pola fiestra, ou cortarlle o pescozo cunha machada, que darlle un castañazo. Aborrezo as pelexas de puños —e non é que me importe que me dean, aínda que, por suposto, non me gusta—, dáme medo a cara do outro. Non sería tan malo se estivésemo-los dous cos ollos vendados. É unha clase distinta de medo, se se pensa ben, pero é medo, non me engano.

Canto máis pensaba nas luvas e no meu medo, máis deprimido me puña, así que decidín, mentres camiñaba, parar nalgún lado a tomar outra copa. Só tomara tres en Ernie's, e a derradeira nin a rematara. Unha cousa que teño é que aguanto moito bebendo. Podo beber toda unha noite, e non se me nota. Unha vez na escola Whooton aquel rapaz Raymond Goldfarb e mais eu mercamos unha pinta de whisky e bebémola na chapala un sábado pola noite, sen que ninguén nos mirase. El púxose moi mal. A min nin se me notaba. Estaba moi fresco e tranquilo. Vomitei, pero non tiña por que —forceime un pouco—. O caso é que antes de meterme no hotel ía entrar nun bar miserable e dous tíos saíron, penecos coma cubas, e preguntáronme onde estaba o metro. Un deles parecía cubano, botábame o seu alento fedorento na cara mentres eu lles indicaba o camiño. Terminei por non ir ó tal bar. Voltei ó hotel.

A entrada estaba baleira. Cheiraba coma a cincuenta millóns de cabechas. Non tiña sono, pero estaba deprimido, case desexaba estar morto.

E entón metinme naquel lío. Cando entrei no ascensor, o primeiro que dixo o ascensorista foi:

—¿Queres pasar un bo rato? ¿Ou é moi tarde para ti?

—¿Que queres dicir? —Non sabía a onde quería ir nin nada.

—¿Queres pasalo ben esta noite?

—¿Quen, eu? —dixen. Era unha resposta ben parva, pero é que me daba vergoña que viñese preguntarme unha cousa así.

—¿Cantos anos tes?

—¿Por que? Vintedous.

—Uh, uh. Ben. ¿Interésache? Cinco pavos un polvo, e quince toda a noite. —E mirou para o reloxo—. Ata o mediodía. Cinco pavos un polvo e quince ata o mediodía.

—Moi ben. —Ía contra os meus principios e tal, pero sentíame tan deprimido que nin o pensei. É o que pasa. Cando un está moi deprimido non pode nin pensar.

—Moi ben o que. ¿Un polvo ou ata o mediodía? Teño que sabelo.

—Só un polvo.

—De acordo. ¿En que cuarto estás?

Mirei a cousa vermella da chave, onde estaba o número.

—Mil douscentos vintedous. —Xa sentía que aquilo fose para adiante, mais era demasiado tarde.

—Moi ben. Mandareiche unha nuns quince minutos. —Abriu as portas e saín.

—Eh, ¿está boa? Non quero unha vella.

—Nada de vellas. Tranquilo.

—¿E a quen lle pago?

—A ela. Voume, xefe. —E pechoume as portas na cara.

Fun ó cuarto e botei auga no cabelo, pero non hai maneira de peitealo estando cortado ó cepillo. Logo probei se o alento me fedía de tantos cigarros e whiskies con soda coma tomara en Ernie's. O único que hai que facer nestes casos é poñe-la man debaixo da boca e bota-lo alento para riba, contra o nariz. Non me fedía moito, pero lavei os dentes igual. Logo puxen unha camisa limpa. Xa sabía que non tiña que adobiarme demasiado para unha puta, pero era por facer algo. Estaba un pouco nervioso, e empezaba a excitarme. Se queredes sabe-la verdade, son virxe. Tiven ocasións de perde-la virxindade, pero aínda non o fixen. Sempre pasa algo. Por exemplo, se estou na casa dunha rapaza, sempre aparecen os pais cando non deben. E se estou no asento de atrás dun coche con unha, sempre hai outra no de adiante que quere saber que pasa en *todo* o coche. Quero dicir que a moza que está diante dá a volta a mirar que é o que pasa alá detrás. E claro, sempre pasa algo. Aínda que dúas veces andei moi preto. Lembro unha en particular. Algo foi mal. Non lembro o que. O caso é que as máis das veces, cando estás a pique de facelo —quero dicir cunha que non sexa unha puta— ela empeza a dicir que pares. E o malo é que eu paro. A maioría dos tíos non, pero eu non podo evitalo. Nunca sabes se de verdade queren que pares, ou se só teñen medo, ou se che din que pares para, se segues adiante, botarche logo as culpas. O caso é que eu paro. Danme pena. Son tan parvas... Despois de meterlle un pouco de man, ves como perden a cabeza. Colles unha moza cando está quente, e non ten cerebro. Pero dinme que pare e eu paro, aínda que logo me arrepinta, cando as levo para a casa, pero sigo parando.

Mentres poñía a camisa limpa pensei que aquela era a miña ocasión, e que xa que era unha puta podía coller un pouco de práctica para cando case e tal. Ás veces preocupábame este asunto. Cando estaba en

Whooton lin un libro no que había un tío moi saído e sofisticado. Lembro que se chamaba Monsieur Blanchard. Tiña un gran *chateau* na Riviera, en Europa, e o que facía no tempo libre era bater nas mulleres cun pau. Un baltroteiro. Pero as mulleres toleaban por el. Dicía que o corpo dunha muller é coma un violón e que cómpre un músico moi bo para tocalo ben. Doume de conta de que o libro era moi hortera, pero aquilo do violín gravóuseme na cabeza. Por iso é que eu quería coller un pouco de práctica, para cando case. Caulfield e o seu Violín Máxico, tío. Son hortera, ben entendo, pero non *demasiado* hortera. Non me importaría ser un especialista nese campo. A metade das veces, se queredes sabe-la verdade, cando estou a xogar cunha moza non sei ben o que ando a buscar, xa me entendedes. Por exemplo, esa rapaza da que vos contei, que non follei. Levoume case unha hora quitarlle o sostén. Cando por fin llo quitei, ela estaba a pique de cuspirme nun ollo.

O caso é que estiven alí paseando polo cuarto, agardando a que aparecese a puta, desexando que fose guapa, aínda que moito non me importaba. Só quería que a cousa pasase axiña. E finalmente, alguén chamou á porta. Cando fun abrir batín coa maleta e case rompo o xeonllo ó caer. Sempre elixo o mellor momento para espalancarme por riba dunha maleta ou algo.

Abrín a porta. A puta estaba alí, de pé. Levaba posto un chaquetón, pero non levaba sombreiro. Era loira, aínda que se notaba que ía tinguida. Non era vella.

—¿Como estás? –dixen eu, moi suaviño.

—¿Es ti o tío que me dixo Maurice? –Non parecía demasiado amable.

—¿O ascensorista?

—Si.

—Si, son eu. ¿Non queres entrar? –E sentíame cada vez máis indiferente.

Entrou, quitou o chaquetón e chimpouno enriba da cama. Debaixo levaba un vestido verde. Logo sentou na cadeira que había ó lado da mesa e empezou a move-lo pé arriba e abaixo. Cruzou as pernas, e veña a move-lo pé arriba e abaixo. Estaba nerviosa, para ser unha puta. Penso que porque era moi nova. Era coma min. Eu sentei na cadeira grande, ó lado dela, e ofrecinlle un cigarro.

—Non fumo –dixo. Tiña unha voceciña que case non se oía, e non daba as gracias cando lle ofrecías algo.

—O meu nome é Jim Steele.

—¿Tes reloxo? –Naturalmente non lle importaba o meu nome–. Eh, ¿cantos anos tes?

—¿Eu? Vintedous.

—Non o creo. –Díxoo coma unha nena. Supoñía que unha puta debería dicir: ¡Tes vintedous o carallo!, ou ¡Déixate de merdas!

—¿Cantos anos tes *ti*? –preguntei eu.

—Os bastantes para enteirarme das cousas. ¿Tes reloxo? –Era moi lista. E logo ergueuse e quitou o vestido por riba da cabeza. Certamente sentinme raro cando fixo aquilo, tan de súpeto. Xa sei que un debería quentarse moito cando unha moza quita o vestido por riba da cabeza desa maneira, pero eu non me quentei. Quentura non sentía ningunha. Sentíame moito máis deprimido ca quente.

—¿Tes reloxo, eh?

—Non, non teño. –Tío, que raro me sentía.

—¿Como te chamas? –pregunteille. Só tiña postas unhas bragas rosas. Eu sentía vergoña. De verdade.

—Chámome Sunny. Veña, imos facelo.

—¿Non queres falar un pouco? –Era infantil dicir iso, pero sentíame tan mal–. ¿Tes moita présa?

Miroume coma se estivese tolo.

—¿De que queres falar?

—Non sei. De nada en especial. Só pensei que ó mellor querías falar un pouco.

Sentou de novo na cadeira ó lado da mesa. Pero notábase que non lle gustaba. E comezou a move-lo pé outra vez. Era unha rapaza moi nerviosa.

—¿Non queres un cigarro agora? —Esquecín que non fumaba.

—Non fumo. Escoita, se queres falar, fala. Teño cousas que facer.

Mais non se me ocorría de que falar. Pensei en preguntarlle como fora que se fixera puta, pero deume medo. O máis seguro era que nin me contestase.

—Non es de Nova York, ¿eh? —Foi o que dixen, o único que se me ocorreu.

—Son de Hollywood. —Ergueuse e foi ata onde deixara o vestido, na cama.

—¿Tes un percheiro? Non quero que se me engurre o vestido. Acabo de limpalo.

—Dende logo. —Ben ledo estaba de poder erguerme e facer algo. Levei o vestido ó roupeiro e pendureino, e iso fíxome sentir un pouco triste. Imaxineina indo á tenda a mercalo, e que ninguén soubese que era puta. Seguro que o vendedor pensaba que era unha rapaza normal. Sentinme triste coma o demo, non sei por qué.

Sentei de novo. E tentei de seguir coa conversa. Pero era unha mala faladora.

—¿Traballas tódalas noites? —Aquilo soou arrepiante, despois que o dixen.

—Traballo. —Camiñaba por todo o cuarto. Colleu o menú da mesa e leuno.

—¿E que fas polo día? —Encolleu os ombros. Era moi delgada.

106

—Durmo. Vou ó cine. —Deixou o menú e mirou para min—. Veña. Imos facelo. Non teño todo...

—Mira. Non me apetece moito esta vez. Levo unha noite moi dura. Pagareiche igual, pero prefiro non facelo.

A verdade é que non quería facelo. Sentíame moito máis deprimido ca quente, se queredes sabe-la verdade. *Ela* era deprimente, co seu vestido verde pendurado no roupeiro. E ademais, penso que *nunca* podería facelo cunha que pasaba o día sentada diante dunha estúpida película. Non podería.

Ollou para min con cara rara, coma se non me crese.

—¿Que é o que pasa?

—Non pasa nada. —Tío, estaba a pórme nervioso—. A cousa é que tiven unha operación recentemente.

—¿Onde?

—No como se chama... No clavicordio.

—¿E onde tes iso?

—¿O clavicordio? Pois... No espiñazo. Na parte de debaixo do espiñazo.

—¿Si? —E sentouse no meu colo—. Es moi curriño.

Púxome nervioso, e seguín a dicir mentiras.

—Aínda non estou recuperado.

—Paréceste a un artista de cine. *Ti* sabes cal digo. ¿Como é que se chama?

—Non sei. —Non saía do meu colo.

—Seguro que o sabes. Aparecía naquela de Melvine Douglas. O que facía de irmán pequeno. O que caía do barco.

—Non sei. Eu vou ó cine o menos que podo.

E entón empezou a facer cousas raras, coma unha porca.

—¿Non che importa parar? Xa che dixen que non me apetece. Tiven esa operación.

107

Non saíu do meu colo nin nada, pero botoume unha tremenda mirada.

—Escoita. Eu estaba durmindo cando o tolo de Maurice me veu espertar. Se pensas...

—Xa che dixen que che hei de pagar igual. Teño moito diñeiro. Só é que aínda me estou recuperando da operación.

—¿E daquela para que lle dixeches a Maurice que querías unha moza, se tiveches esa operación no cómose-chama?

—Pensei que me sentía mellor. Os meus cálculos foron un pouco prematuros. De veras que o sinto. Se te levantas un momento, vou colle-la carteira.

Estaba moi abufada, pero ergueuse para deixarme ir pola carteira. Deille cinco dólares.

—Moitas gracias. Un millón de gracias.

—Isto son cinco. Custa dez. –Poñíase coñazo. Xa sabía eu que algo así había de pasar.

—Maurice dixo cinco. Quince ata o mediodía e cinco por un polvo.

—Dez por un polvo.

—Dixo cinco. Síntoo moito, pero iso é o único que che vou dar.

Encolleu os ombros, como fixera antes, e engadiu moi fría:

—¿Pódesme da-lo vestido, ou éche moita molestia? –Metíame medo aquela nena, aínda coa voceciña que tiña. Se fose unha puta vella, coa cara chea de pos e todo, non me daría tanto medo.

Fun e collinlle o vestido. Púxoo, e logo apañou o chaquetón da cama.

—Adeus, pelangrán.

—Adeus. –Non lle dei as gracias nin nada. E alégrome.

Capítulo 14

Despois que a Sunny marchou, sentei na cadeira e fumei un par de cigarros. Xa estaba clarexando o día. Tío, sentíame mal. Sentíame tan deprimido que non podedes nin imaxinalo. E o que fixen foi falarlle en alto a Allie. Ás veces fago iso, cando estou moi afundido. Dígolle que vaia á casa e colla a bici, e que se reúna comigo diante da de Bobby Fallon. Hai anos, Bobby Fallon vivía en fronte de nós, en Maine. O que pasou un día foi que Bobby e mais eu iamos nas bicis ó Lago Sedebego, e levabámo-la merenda e as nosas escopetas BB —eramos pequenos e pensabamos que igual lle podiamos tirar a algo—. O caso é que Allie sentiunos falar e tamén quería vir, pero eu non o deixaba, porque aínda era un neno. É por iso que agora, de vez en cando, sempre que estou moi deprimido, dígolle: "Moi ben. Vai á casa e colle a bici, e agárdame diante da de Bobby Fallon". Non é que eu non o levase comigo moitas veces, cando ía por aí. Pero aquel día non. El non se cabreou —non se cabreaba por nada—, pero eu sigo lembrando aquilo de todos xeitos, cando me deprimo.

Ó final espinme e metinme na cama. Apetecíame rezar, ou algo, mais non o dei feito. Non sempre que quero rezar podo. En primeiro lugar, porque son un pouco ateo. Gústame Xesús e tal, pero non me importa moito todo iso da Biblia. Por exemplo, os Apóstolos danme polo cu, se queredes que vos diga a verdade. Aínda non o fixeron moi mal despois que morreu, pero mentres viviu axudáronlle tanto coma un buraco a unha cesta. O único que facían era deixalo só. Calquera na Biblia gústame máis cós Apóstolos. Se vos hei ser sincero, o tío que máis me gusta da Biblia, despois de Xesús, é aquel tolo que vivía no cemiterio e que se cortaba con pedras. Gústame dez veces máis cós Apóstolos todos, aquel pobre fillo de puta. Cando estaba en Whooton tiña moitas discusións sobre el co rapaz que vivía no pasillo de abaixo, Arthur Childs. O Childs era cuáquero, e pasaba o día a ler na Biblia. Era bo rapaz, e gustábame, pero non nos poñiamos de acordo sobre algúns asuntos, especialmente tocante ós Apóstolos. El dicía que se non me gustaban, era porque tampouco me gustaba Xesús. Segundo a súa teoría, polo feito de que Xesús *escollese* aqueles discípulos xa che tiñan que caer ben. Eu dicía que El escolléraos, pero ó chou, que non tiña tempor de ir por aí analizando á xente. E non lle botaba a culpa, pois se non tiña tempo, qué lle ía facer. Lembro de preguntarlle se el pensaba que Xudas, o que o traicionou, foi ó inferno despois de suicidarse. E Childs dicía que si. Aí é *exactamente* onde eu non estaba de acordo. Podería apostar mil pavos a que Xesús nunca mandaría a Xudas ó inferno. Aínda agora o apostaría, se tivese os mil pavos. Calquera dos Apóstolos mandaríao ó inferno —e canto máis rápido mellor— pero aposto o que sexa a que Xesús non. O Childs dicía que o meu problema era que non ía á igrexa nin nada; e iso é verdade, que non vou. En primeiro lugar porque os meus pais son de relixións distintas e tódolos nenos da miña familia somos ateos. E ademais, o certo é que non podo ver diante ós curas. Tódolos que vin nas escolas ás que fun poñían voces de pirica axiña empezaban a botárno-lo sermón. Non sei por qué non poden falar coa súa voz normal. Así soan moi falsos.

O caso é que estaba deitado na cama e non era capaz de rezar. Logo que empezaba, víñaseme á cabeza a imaxe da Sunny chamándome pelangrán. Ó final sentei na cama e fumei outro cigarro. Sóubome moi mal. Xa debía levar fumados dous paquetes dende que saíra de Pencey.

E de súpeto, alguén petou na porta. Agardei un chisco, por se non era na *miña* porta onde petaban, pero ben sabía que si, que era. Non sei *cómo* o sabía. Sabíao. E tamén sabía *quen* era. Son adiviño.

—¿Quen está aí? —Tiña medo. Son medrán para estas cousas. Petaron de novo. E máis forte. Erguinme da cama en pixama e fun abri-la porta. Nin sequera tiven que acende-la luz. Xa era día. E alí estaban a Sunny e mailo ascensorista.

—¿Que pasa? ¿Que queredes? —Tremábame a voz co medo.

—Non moito. Cinco pavos. —O Maurice falou polos dous. A Sunny só ficou alí, coa boca aberta.

—Xa lle paguei. Deille cinco dólares. Pregúntalle a ela. —Tío, como me tremaba a voz.

—Son dez pavos, xefe. Xa llo dixen, dez pavos por un polvo, e quince ata o mediodía.

—Non me dixeches iso. Dixeches *cinco* pavos por un polvo. É certo que dixeches quince ata o mediodía, pero ben lembro que...

—Abre a porta.

—¿*Para* que? —O meu corazón batía a tope. Polo menos que estivese vestido. É terrible estar en pixama cando che pasa unha cousa así.

111

—Veña, xefe —dixo Maurice, e deume un arrempu-
xón coa súa man apestosa. Case caio de cu. O fillo de
puta case era un xigante. E de seguido, os dous meté-
ronse no cuarto. Actuaban coma se fosen os donos
daquilo. A Sunny sentou na fiestra e o Maurice na
cadeira grande, e soltou o colo do seu uniforme de
ascensorista. Eu estaba *moi* nervioso.

—Moi ben, xefe. Veña os cartos. Teño que voltar ó
traballo.

—Xa che dixen dez veces que non vos debo nada.
Xa lle dei os cinco...

—Corta o rollo. Veña os cartos.

—¿Por que lle vou dar outros cinco? ¿Seica quere-
des timarme? —O Maurice desabotoou a chaqueta. Por
debaixo non levaba camisa, só un colo falso. Tiña
unha barriga gorda e peluda.

—Ninguén quere timar a ninguén. Veña a pasta,
xefe.

—*Non.*

Cando dixen iso, ergueuse da cadeira e veu contra
min. Parecía que estivese moi canso, ou moi aburrido.
E qué medo tiña eu. Lembro que tiña os brazos cruza-
dos, e o peor é que estaba en pixama.

—Veñan os cartos, xefe. —Chegouse a onde eu esta-
ba; e dálle a repeti-lo mesmo. Realmente era un imbécil.

—*Non.*

—Xefe, vas facer que me poña un pouco bravo.
E non quero, pero parece que non hai outro remedio.
Débesnos cinco dólares.

—*Non* vos debo nada. E se me batedes vou berrar
coma un tolo. Hei de espertar a todo o hotel, e tamén
á policía. —A miña voz tremaba coma filla de puta.

—Moi ben. Berra todo o que che pete. ¿Queres
que os teus pais saiban que pasáche-la noite cunha

112

puta? ¿Un rapaz da clase alta coma ti? —Era ben agudo, á súa maneira.

—Deixádeme tranquilo. Se dixeses dez, sería distinto. Pero...

—¿Vasnos da-los cartos? —Tíñame contra a condenada porta. Case estaba enriba de min, coa súa noxenta barriga.

—Deixádeme só. Largo do meu cuarto. —E seguía cos brazos cruzados, coma un parvo.

Daquela a Sunny falou por primeira vez.

—Eh, Maurice. ¿Queres que lle colla a carteira? Sei onde está.

—Cóllella.

—¡Deixa a miña carteira!

—Xa os teño. —Fixo ondea-los cinco dólares—. ¿Velo? Só collo os cinco que me debes. Non son unha ladroa.

Entón empecei a berrar. Oxalá que non o fixese:

—¡Non, non sodes ladróns! ¡Só estades roubando cinco...!

—Cala —dixo o Maurice, e deume un castañazo.

—Déixao. Imos logo. Xa témo-lo que nos debe —dicía Sunny.

—Xa vou —contestou Maurice. Mais non se ía.

—Veña. Déixao, Maurice.

—¿E quen lle está a facer dano a ninguén? —dixo todo inocente. E o que fixo foi darme ben duro enriba do pixama. Non vos digo *onde* me deu, pero doía coma o demo. Entón eu díxenlle que era un apestoso imbécil.

—¿Como é isto? —Puxo a man detrás da orella, coma un xordo—. ¿Como é? ¿Que é que son?

Seguín a berrar, tan tolo e nervioso estaba.

—¡Es un apestoso imbécil, un fillo de puta timador, e dentro dun par de anos andarás por aí arrastrado pola rúa pedindo un peso para un café! ¡Andarás cheo de merda e...!

Entón deume de veras. Eu nin o sacudín nin nada. Todo o que sentín foi un tremendo golpe no estómago.

Pero non perdín o sentido. Aínda lembro que mirei dende o chan como saían do cuarto e pechaban a porta. Logo fiquei alí, no piso, como fixera con Stradlater. Só que esta vez pensei que estaba a morrer. Pensei que afogaba, pois non podía refolgar. Cando por fin me erguín tiven que ir ata o baño dobrado e coa man no estómago.

Debo estar algo tolo, xúrovolo. No medio do camiño empecei a facer coma que tivese unha bala na barriga, coma se o Maurice me disparase. Agora ía ó baño a botar unha fecha de bourbon para templa-los nervios e entrar en acción *de verdade*. Imaxineime saíndo do condenado baño, vestido e todo, coa miña automática no peto e dando rebolos. Daquela baixaba as escaleiras. Non no ascensor, senón collido ó pasamán e cun pouco de sangue escorrendo polo canto da boca. Baixaba uns cantos pisos —agarrando a barriga e deixándoo todo cheo de sangue— e entón si chamaba o ascensor. En canto o Maurice abría as portas, víame coa automática na man e empezaba a berrar con voz de histérica. Eu disparábale igual. Seis balas na súa barriga gorda e peluda. Despois guindaba a automática polo buraco do ascensor —unha vez limpa dos sinais dos meus dedos—, voltaba gatexando ata o cuarto e chamaba a Jane para que viñese vendarme a barriga. Imaxineina sostendo o cigarro que eu fumaba mentres seguía alí, a sangrar.

As condenadas películas. Arruínano a un, de verdade. Fiquei no baño unha hora, e logo fun para a cama. Levoume un rato durmir, pois non estaba canso, pero ó

final durminme. Aínda que o que desexaba era suici-
darme. Apetecíame chimpar pola fiestra. E faríao se
estivese seguro de que alguén me había de cubrir cunha
manta en canto aterrase. Non quería que unha morea
de parvos ficasen alí, a mirar para os meus cachos.

Capítulo 15

Non durmín moito. Debían de ser arredor das dez cando espertei. Logo de fumar un cigarro, sentín fame. O último que comera foran aquelas dúas hamburguesas con Brossard e Ackley, cando foramos ó cine. Xa había moito daquela, parecía que pasasen cincuenta anos. Tiña o teléfono ó lado e ía chamar para que me subisen un almorzo, cando tiven medo de que mandasen ó Maurice. Se pensades que tiña ganas de volvelo ver diante é que estades tolos. Así que o que fixen foi ficar na cama un pouco máis e fumar outro pitillo. Pensei en chamar á Jane, a ver se xa estaba na casa, pero non me atopei moi inspirado.

A quen chamei foi á boa de Sally Hayes. Ela ía á escola de Mary Woodruff e sabía que xa estaba de vacacións porque me escribira unha carta había un par de semanas. Non toleaba por ela, pero había anos que a coñecía e pensaba que era bastante intelixente, na miña estupidez. Todo porque sabía bastante de teatro e literatura. Cando alguén sabe moito de todas esas cousas aínda leva algo de tempo galistrar se é parvo ou non. No caso de Sally levoume *anos*. Levaríame moito menos se non fose porque estabamos a meternos man. O meu problema é que sempre penso que unha moza á que lle ando a meter man ha de ser por forza moi intelixente. Xa sei que non ten nada que ver, pero eu sempre o penso. O caso é que a chamei. Primeiro saíu a criada, e logo o pai, e logo Sally.

—¿Sally? –dixen.

—Si. ¿Quen é? –Era un pouco falsa, pois xa lle dixera o pai quen era.

—Holden Caulfield. ¿Como estás?

—¡Holden! ¡Estou moi ben! ¿E ti?

—¡A tope! Escoita, ¿e como che vai na escola?

—Moi ben... Ben, xa sabes.

—A tope. Escoita, estaba pensando que se tes moito que facer hoxe. É domingo, pero sempre hai algunha función de teatro pola tarde, aínda que sexa unha de beneficencia. ¿Queres ir?

—Encantaríame. Grandioso.

Grandioso. Se hai unha palabra que odio é esa. É tan falsa. Por un segundo estiven a piques de dicirlle que esquecese o asunto, pero puxémonos de palique. Ou mellor dito, púxose ela. Non paraba. Primeiro contoume dun tío de Harvard –seguro que era do primeiro ano, mais iso non mo dixo– que non facía máis que chamala *noite* e *día*. Noite e día, manda carallo. Despois faloume doutro tío, un cadete de West Point que seica estaba disposto a corta-la gorxa por ela, tamén. Díxenlle que estivese baixo do reloxo de Biltmore ás dúas e media. Sempre chegaba tarde. Non me gustaba, aínda que era moi xeitosa.

Logo de quedar con Sally, saín da cama e vestinme, e fixen a bolsa. Botei unha ollada pola fiestra antes de saír do cuarto, a ver cómo lles ía ós dexenerados aqueles, pero todos tiñan as persianas baixas. Seica pola mañá eran moi formais. Baixei no ascensor e paguei a conta. Non vin por alí ó bo de Maurice. A verdade é

que tampouco fixen moito esforzo por atopar a seme-
llante fillo de puta.

Collín un taxi fóra do hotel. Non tiña nin idea de
onde ía. Aínda era domingo. Non podía voltar á casa
ata o mércores —ou como mínimo o martes—, e tam-
pouco me apetecía ir a outro hotel a que me machaca-
sen o cerebro. Así que o que fixen foi dicirlle ó chófer
que me levase á estación Grand Central. Estaba preto
do Biltmore, onde me tiña que atopar con Sally, e
podía deixa-las maletas na consigna e ir almorzar. Xa
tiña fame. Mentres ía no taxi saquei a carteira e contei
os cartos. Non lembro exactamente canto quedaba,
pero non era ningunha fortuna. Gastara o rescate dun
rei en dúas piollentas semanas. Vánseme os cartos das
mans. E o que non gasto, pérdoo. A metade das veces
mesmo esquezo recolle-las voltas nos bares e nos caba-
rés. Os meus pais tolean con iso, e non é de estrañar.
Aínda que o meu pai ten moitos cartos. Non sei canto
gaña —nunca discutiu ese asunto comigo— pero imaxi-
no que moito. Sempre anda a investir diñeiro en *shows*
de Broadway, que logo van ó carallo, e a miña nai colle
uns disgustos de medo. Ela non anda moi ben de saú-
de dende que morreu Allie. É moi nerviosa. Por iso
non quería eu que se enteirase de que me botaran
tamén desta escola.

Deixei as maletas nunha consigna automática e fun
a un pequeno bar a almorzar. Tomei un almorzo gran-
de para min —zume de laranxa, beicon, ovos, torradas e
café—. Normalmente só tomo zume de laranxa. Son de
pouco comer. Por iso estou tan delgado. Supúñase que
tiña que facer unha dieta especial para engordar, pero
nin a empecei sequera. Cando estou fóra, o que como
é un bocata de queixo e un vaso de leite con malta.
Non é moito, pero o leite con malta ten moitas vita-

minas. H. V. Caulfield. Holden Vitamina Caulfield. Mentres comía os ovos, entraron dúas monxas —supoño que ían a outro convento ou algo así, e estaban agardando polo tren— e sentaron ó meu lado. Non sabían que facer coas maletas así que, boteilles unha man. Eran desas maletas baratas —que non son coiro nin nada—. Xa sei que non ten importancia, pero disgústame a xente que ten maletas baratas. Soa arrepiante, pero é que non podo nin mirar para a xente que ten maletas baratas. Lembro unha cousa que me pasou unha vez, cando estaba en Elkton Hills. O meu compañeiro de cuarto era un tal Dick Slagle, que tiña maletas baratas, e gardábaas debaixo da cama, non na rede, para que non llas visen ó lado das miñas. A min iso deprimíame, quería tiralas, ou trocarllas, ou o que fose. As miñas eran de Mark Cross, pel xenuína, e supoño que custaban cartos. E o que pasou foi pavero. O que fixen foi pó-la *miña* maleta debaixo da *miña* cama, en vez de na rede, para que Slagle non collese complexo de inferioridade. E entón el colleu as súas e púxoas na rede. Despois descubrín —levoume tempo— que el quería que a xente pensase que as súas maletas eran as miñas. Un tipo pavero. Sempre andaba a dicir cousas das miñas maletas. Por exemplo, que se eran demasiado novas e *burguesas*. Esa era a súa palabra favorita, seica a lera ou a oíra nalgunha parte. Todo o que eu tiña era *burgués*. Mesmo a miña pluma tamén era *burguesa*. Veña a pedirma todo o tempo, pero daba igual, era *burguesa*. Só estivemos xuntos no mesmo cuarto un par de meses. Logo os dous pedimos que nos mudasen. E o caso foi que despois tiña morriña del, pois era un tío con sentido do humor e, ás veces, pasabámolo ben. Non me estrañaría que a el lle pasase o mesmo. Ó primeiro só estaba olreando, cando lle chamaba *burgués* a todo o que eu tiña, e non me importaba —de feito, ata era pavero— mais despois notábase que xa non era de coña. O certo é que é moi difícil ser compañeiro de cuarto de xente que ten maletas moito peores cás de un —cando as túas son boas de verdade, e as súas non—. Pensaríase que, se son un pouco intelixentes, non lles debía importar un carallo quen ten as mellores maletas, pero impórtalles. Por iso foi que ó final acabei no cuarto cun estúpido fillo de puta coma Stradlater. Polo menos as súas maletas eran tan boas coma as miñas.

O caso foi que as monxas sentaron ó meu lado e empezamos a falar. A que estaba máis preto de min tiña un deses cestos de palla cos que as freiras e mailas do Exército de Salvación piden cartos por Nadal. Púñanse nas esquinas, especialmente na Quinta Avenida, diante dos Grandes Almacéns e tal. Pero caeulle no chan e eu collinllo. Prequnteille se andaban a pedir e díxome que non, que o que pasara fora que non lle entrara na maleta, e tíñao que levar así. Tiña un sorriso xeitoso, e un nariz moi grande, e uns anteollos deses pouco atractivos, mais tiña unha cara amable.

—Pensei que andaban a pedir para os pobres, e que eu podería contribuír un pouco. Poden garda-los cartos para cando fagan unha campaña.

—Ouh, que amable —comentou, e a outra tamén mirou para min.

A outra lía un libro negro e pequeno mentres tomaba o café. Parecía unha Biblia, pero moi pequena, aínda que era desa clase de libro. Todo o que tomaban de almorzo era café e torradas. Iso deprimiume. Disgústame estar a comer beicon e ovos e o que sexa, e que alguén a carón de min tome unicamente café e torradas.

Deixáronme facer unha contribución de dez pavos. Preguntáronme moitas veces se estaba seguro de poder darlles tanto. Díxenlle que tiña moitos cartos, pero non parecían crerme. Ó final colléronos. E déronme tanto as gracias que xa me daba vergoña. Así que mudei de conversa cara a tópicos máis xerais e pregunteilles a ónde ían. Dixeron que eran mestras, que viñan de Chicago e ían dar clases nun convento na rúa 168 ou 186, ou nalgunha outra, alá, no quinto carallo. A dos anteollos dixo que ela daba Inglés e a outra Historia e Goberno Americano. Entón eu empecei a cismar que pensaría aquela monxa que ensinaba Inglés cando lía certos libros. Non digo libros con moito sexo nin nada, pero libros con amantes e todo iso. Por exemplo, a Eustacia Vye en *Retorno do Nativo* de Thomas Hardy. Non é que fose moi *sexy*, pero aínda así un pregúntase que pode pensar unha monxa cando le o da Eustacia. Agora que, por suposto, non dixen nada. Só que o Inglés era a miña materia favorita.

—¿De verdade? ¡Que ben! ¿E que lestes este ano? Interesaríame moito sabelo. —Era moi agradable.

—Ben. O máis do tempo pasámolo cos anglosaxóns. Beowulf, e o vello Grendel, e Lord Randal e todo iso. Pero tamén temos que ler algúns outros de vez en cando. Eu lin *O Retorno do Nativo* de Thomas Hardy, e *Romeo e Xulieta*, e *Xulio...*

—¡Ouh! *¡Romeo e Xulieta!* ¡Marabilloso! ¿Non che encantou? —Dende logo non soaba moito coma unha monxa.

—Si. Gustoume moito. Houbo algunhas cousas que non me gustaron, pero en conxunto foi emocionante.

—¿E que foi o que non che gustou? ¿Lémbraste?

Se vos hei dici-la verdade, dábame un pouco de vergoña estar alí a falar con ela de *Romeo e Xulieta*.

Quero dicir que esa obra ponse un pouco verde ás veces, e ela era unha monxa; pero era ela a que preguntaba, así que falamos.

—Ben. A verdade é que non toleo moito por Romeo e Xulieta. Quero dicir que me gustan, pero ás veces fánseme pesados. Sentín moito máis cando morreu o Mercutio que cando morreron eles. A cousa é que non me caía moi ben o Romeo despois de que a Mercutio o matou aqueloutro, o curmán de Xulieta, ¿como se chamaba?

—Tibalto.

—Iso é. Tibalto. —Sempre esquezo o nome do tío ese—. A culpa foi do Romeo. Non sei nin por qué, pero a min gustábame máis o Mercutio. Todos aqueles Montagues e Capuletos estaban ben, especialmente Xulieta, pero Mercutio era tan bo e elegante. Póñome malo cando alguén morre pola culpa doutro. Ó fin Romeo e Xulieta fixeron o que querían.

—¿E a que escola vas? —Probablemente quería mudar de asunto. Díxenlle que a Pencey, e resultou que a coñecía e parecíalle unha escola moi boa. Despois, a outra, a que ensinaba Historia e Goberno, comentou que sería mellor que se fosen, que se lles facía tarde. Collín a súa conta. Pero non querían deixarme pagar. A dos anteollos fíxome devolvela.

—Xa fuches máis que xeneroso. Es moi bo rapaz. —Ela si que era boa. Lembroume un chisco a nai de Ernest Morrow, a que atopara no tren. Máis ca nada cando sorría.

—Foi *tan* agradable falar contigo —engadiu.

Díxenlle que para min tamén fora moi agradable, e era verdade, e penso que aínda podería ter sido mellor se non fose porque estiven todo o tempo co medo de que, de súpeto, me preguntasen se era católico. Os católicos sempre queren saber se ti tamén es católico. É unha cousa que sempre me pasa, en parte porque o meu apelido é irlandés e a maioría da xente de orixe irlandesa é católica. De feito o meu pai foi católico nos seus tempos, mais trocou de relixión cando casou. Pero os católicos sempre andan a querer saber se es católico aínda que non saiban o teu apelido. Coñecín aquel rapaz católico, Louis Gorman, cando estaba en Whooton. Foi o primeiro chaval que atopei alí. Estabámo-los dous agardando fóra da enfermería o primeiro día de escola para facer un exame médico, e tivemos unha conversa de tenis. Os dous estabamos moi interesados, e contoume que ía a Forest Hills tódolos veráns, e eu díxenlle que eu tamén, e logo falamos dalgunhas estrelas do tenis durante un intre. E dende logo sabía moito de tenis para un rapaz da súa idade. Pero entón, despois dun rato, no medio da condenada conversa, preguntou:

—¿Sabes por casualidade onde está a igrexa católica nesta cidade?

E a cousa é que polo xeito de preguntar ben se vía que o que quería era saber se eu era católico. Non é que tivese ningún prexuízo nin nada, pero quería sabelo. A el gustáballe a conversa que tiñamos sobre tenis e tal, pero váise que aínda lle gustaría *máis* se eu fose católico. Esa é unha cousa que me pon parvo. Non quero dicir que por iso se estragase a conversa, que non se estragou, pero tampouco lle fixo moito ben. Por iso alegreime de que as monxas non me preguntasen se era católico. Non *arruinaría* a conversa, mais seguro que xa non sería igual. Non é que culpe ós católicos, seguramente eu faría o mesmo se fose católico, pero é un pouco como co das maletas. O que quero dicir é que non é bo para unha conversa. Iso é todo.

Cando as monxas se ergueron, fixen unha cousa moi estúpida. Estaba fumando un cigarro e, ó erguerme para dicirlles adeus, botéille-lo fume na cara. Non quería facelo, pero fíxeno. Pedinlles mil desculpas e elas foron moi amables. Con todo, a cousa foi un pouco incómoda.

Cando se foron sentín terlles dado só dez pavos, pero tiña que ir a aquela obra de teatro coa boa de Sally Hayes e necesitaba gardar un pouco de pasta para as entradas. Sentino. O condenado diñeiro. Sempre acaba deprimíndoo a un.

Capítulo 16

Cando rematei o almorzo aínda era mediodía, e non quedara coa Sally ata as dúas, así que dei un paseo. Non podía deixar de pensar naquelas monxas. Pensaba no seu vello cesto de palla, co que pedían cartos cando non estaban no colexio. Tentaba de imaxinar á miña nai, ou á miña tía, ou á nai de Sally Hayes de pé na porta duns grandes almacéns pedindo cartos para os pobres cun capacho de palla vello. Era difícil de imaxinar. A miña tía fai obras benéficas —traballos para a Cruz Vermella e iso— pero sempre vai moi ben vestida e cos beizos moi pintados e todo. Non a podía imaxinar facendo algo por caridade se tivese que levar roupa suxa e os beizos sen pintar. E a vella da Sally Hayes, ¡Xesús Cristo! O único xeito de que *ela* fose por aí cun capacho pedindo cartos sería se tódolos que contribuísen lle desen un bico no cu. Se só lle botasen cartos no cesto e largasen sen dicir nada, deixaría o asunto nunha hora. Aburriríase, pasaríallo a outro, e marcharía a xantar a algún lugar ben facheiro. Iso é o que me gustaba daquelas monxas. Ben se vía que non ían xantar a sitios facheiros. E entristeceume moito pensar iso, que nunca ían a

125

ningún sitio aparatoso nin nada. Sabía que non tiña importancia, pero púxome triste.

Fun camiñando cara a Broadway só por ir, pois había anos que non estivera por alí. Ademais, quería atopar unha tenda de discos que estaba aberta os domingos. Quería mercarlle a Phoebe un disco que se chama *Little Shirley Beans*, moi difícil de atopar. Era dunha nena pequena que non quería saír da casa porque lle caeran dous dos dentes de diante e dáballe vergoña. Escoitárao en Pencey. Tíñao un rapaz que vivía no piso do lado. Quíxenllo mercar porque sabía que a Phoebe habíalle gustar moito, pero non mo quixo vender. Era un disco moi vello que esa rapaza negra, Estelle Fletcher, gravara había vinte anos. Cántao estilo Dixieland, como de casa de putas, e non soa nada dengueiro. Se o cantase unha branca, seguro que soaría cursi, pero a boa de Estelle Fletcher sabía ben o que facía, e é un dos mellores discos que xamais oín. Pensei mercalo nalgunha tenda que estivese aberta o domingo e levalo ó parque. Era domingo e Phoebe vai moitas veces a patinar ó parque os domingos. Sabía onde atopala. Non ía tanto frío coma o día anterior, pero non había sol, e non era moi agradable camiñar. Pero houbo unha cousa boa. Unha familia que debía vir dalgunha igrexa camiñaba diante de min —o pai, a nai e un neno duns seis anos—. Parecían pobres. O pai levaba un sombreiro deses gris color perla que poñen os pobres cando queren presumir. El e maila muller ían camiñando e falando, sen pegarlle atención ó rapaz. O neno era paverísimo. Ía pola calzada en vez de pola beirarrúa, e facía coma se estivese seguindo unha liña moi recta, como fan os nenos, e todo o tempo ía cantando e metendo barullo. Acheguéime, para oí-lo que cantaba, e era aquilo de: "Se un corpo pilla outro corpo no medio do centeo". Tiña unha voz bonita, e notábase que cantaba por cantar. Os coches zoaban ó seu lado, os freos chirriaban, os pais non lle puñan atención, e el seguía a camiñar pola calzada e a cantar: "Se un corpo pilla outro corpo no medio do centeo". Fíxome sentir mellor. Fixo que xa non me sentise deprimido.

Broadway estaba ateigado de xente. Era domingo; aínda eran as doce, pero xa estaba a tope. Todo o mundo ía camiño do cine —o Paramount ou o Astor ou o Strand ou o Capitol, ou calquera desas casas de tolos—. Ían moi vestidos, porque era festa, e iso aínda o facía peor. O malo é que, ademais, todos *querían* ir ó cine. Non podía nin miralos. Entendo que alguén vaia ó cine porque non hai outra cousa que facer, pero cando alguén de verdade *quere* ir, e mesmo camiña máis rápido para chegar antes, iso deprímeme coma o demo. Especialmente cando vexo millóns de persoas todas de pé nunha desas colas longas e arrepiantes que dá volta ó redor de todo o bloque, agardando por unha entrada. Tío, saín de Broadway o máis rápido que puiden. E tiven sorte. Na primeira tenda á que fun tiñan *Little Shirley Beans*. Cobráronme cinco pavos porque era difícil de atopar, mais non me importou. Fíxome sentir tan feliz. Xa estaba impaciente por ir ó parque a mirar se Phoebe andaba por alí para darllo.

Cando saín da tenda pasei por un café e entrei a chamar a Jane, a ver se xa chegara de vacacións. O problema foi que colleu o teléfono a súa nai, así que colguei. Non me apetecía verme metido nunha longa conversa con ela. Non teño moito interese en falar por teléfono coas nais das miñas amigas. Aínda que *polo menos* debín preguntar se Jane xa estaba na casa, pero non me apeteceu. Esas cousas hai que facelas no bo momento ou nada.

Tiña que consegui-las condenadas entradas para o teatro, así que merquei un xornal para ve-lo que puñan. Só había tres *shows*, porque era domingo, así que o que fixen foi mercar dúas butacas para *Coñezo ó Meu Amor*. Era unha función benéfica ou algo así. Non tiña moito interese, pero sabía que Sally, a raíña das parvas, poríase como tola cando lle dixese que conseguira as entradas para esa obra, na que actuaban os Lunt. Gustábanlle os *shows* moi sofisticados, nos que actuase xente coma os Lunt. A min non. Se hei dici-la verdade, non me gusta ningún *show*. Non son tan malos coma o cine, pero tampouco son gran cousa. Para empezar, odio ós actores. Nunca fan coma a xente, aínda que pensen que si. Algúns case se parecen, pero non dun xeito que guste miralos. E cando hai un que é bo de verdade, sempre se nota que xa *sabe* que é bo, e iso bótao todo a perder. Velaí tedes, por exemplo, a Sir Lawrence Olivier. Vino en *Hamlet*. D.B. levounos a Phoebe e a min o ano pasado. Primeiro invitounos a xantar, e logo ó teatro. Non me gustou. De verdade que non vexo que ten de marabilloso Sir Lawrence Olivier. Recoñezo que ten boa voz, e que é moi guapo, e que dá gusto miralo cando camiña ou se bate nun desafío, pero non se parecía nada ó Hamlet que eu imaxinaba. Máis parecía un condenado xeneral ca un pobre tío triste e comido de coco. O mellor da película era cando o irmán de Ofelia —o que ó final ten un desafío con Hamlet— marchaba e o pai dáballe moitos consellos. Mentres o pai lle daba os consellos, Ofelia facía o parvo ó redor do irmán, tiráballe o coitelo da funda e metíase con el todo o tempo, mentres el tentaba de parecer moi interesado no que o pai lle dicía. Iso si que me flipou, pero non se ve moito diso no cine. A única cousa que lle gustou a Phoebe foi cando Hamlet lle deu unhas palmadiñas ó can na testa. Pareceulle que iso si que estivera pavero, e era verdade. O que teño que facer dunha vez é ler esa obra. Cando un actor está actuando, a penas escoito. Só me concentro a ver cal é a seguinte garatuxa falsa que vai facer.

Axiña tiven as entradas para o *show* dos Lunt, collín un taxi para o parque. Era mellor que collese o metro, porque xa non me quedaba moita pasta, pero tiña présa por saír de Broadway canto antes. O parque estaba asqueroso. Non ía moito frío, mais non había sol e non se vía máis que merda de can e gargallos de cuspe e cabechas dos vellos. Tódolos bancos tiñan pinta de estar mollados. Deprimente. Poñíaseme a pel de galiña mentres camiñaba. Non parecía que estivesemos chegando a Nadal. Non parecía que estivesemos chegando a *nada*. Seguín ata o Mall, pois é alí onde vai Phoebe. Gústalle patinar preto do palco. É pavero. É o mesmo lugar no que me gustaba patinar a min cando era neno.

Pero cando cheguei alí non a vin por ningures. Había algúns nenos a patinar, e dous xogaban a Flys Up cun balón lixeiro, pero non Phoebe. Vin unha nena da súa idade, sentada soa nun banco atando o patín. Pensei que ó mellor coñecía a Phoebe e podía dicirme onde estaba ou algo, así que me acheguei e sentei onda ela:

—¿Por casualidade coñeces a Phoebe Caulfield?

—¿Quen? —Só levaba uns vaqueiros, e uns vinte xerseis. Ben se vía que llos fixera a nai, pois estaban todos abombados.

—Phoebe Caulfield. Vive na rúa Setenta e unha. Está no Cuarto Grao en...

—¿Ti coñeces a Phoebe?

—Coñezo. Son o seu irmán. ¿Sabes onde está?

—Está na clase de Miss Callon, ¿non?

—Non sei. Penso que si.

—Entón seguro que está no museo. *Nós* fomos o outro sábado.

—¿Que museo?

Encolleu os ombros:

—Non sei. O *museo*.

—Xa. Pero ¿o que ten cadros ou o que ten indios?

—O dos indios.

—Moitas gracias. –E xa me ía, cando me decatei de que era domingo.

—Hoxe é domingo –díxenlle á nena.

Mirou para min.

—Entón non está alí.

Custáballe axusta-lo patín. Non levaba luvas nin nada, e tiña as mans todas vermellas e frías. Boteille unha man. Tío, non collera unha chave de patíns había anos, pero aínda sabía facelo. Que me dean unha chave desas dentro de cincuenta anos, ás escuras, e aínda saberei o que é. Deume as gracias. Era unha nena moi simpática. Encántame que unha nena sexa así, simpática, cando a axudo cos patíns ou calquera cousa. A maioría dos nenos son así. Díxenlle se quería vir tomar chocolate ou algo comigo, pero contestou que non, que quedara cunha amiga. Os nenos sempre quedan cun amigo, é o que pasa.

Aínda que era domingo e sabía que Phoebe non ía estar alí, aínda que estaba todo mollado e piollento, crucei o parque ata o Museo de Historia Natural. Era o museo que a nena me dicía. Coñecía a rutina. Phoebe ía á mesma escola á que eu fora de neno, e sempre estabamos alí. Tiñamos unha profesora, Miss Aigletinger, que nos levaba case tódolos sábados. Ás veces mirabámo-los animais, e ás veces ás cousas que fixeran os indios había moitos anos. Potes e capachos de palla e así. Aínda agora póñome ledo cando lembro aquilo. Despois de contemplalo todo, pasábannos unha película no grande auditorio. Era de Colón. Sempre nos puñan a Colón descubrindo América, pasándoas moradas para que o Fernando e maila Sabela lle desen a pasta, e logo os mariñeiros facéndolle motíns e todo. A ninguén lle importaba moito o vello Colón, pero levabamos unha chea de caramelos e chicle, e o auditorio cheiraba moi ben. Cheiraba coma se fóra estivese chovendo, aínda que non chovese, e nós estivesemos no único sitio seco do mundo, quente e bonito. Encantábame aquel museo. Para ir ata o auditorio, tiñamos que pasar pola Sala India, que era moi, moi longa, e había que falar moi baixiño. Primeiro ía a profesora e logo a clase. Camiñabamos en fileiras de dous, así que sempre che tocaba un compañeiro. As máis das veces a miña compañeira era unha nena que se chamaba Gertrude Levine. Sempre quería collerme da man, e sempre tiña a man pegañenta ou suada. O chan era todo de pedra, e se tirabas unhas bólas rebotaban coma tolas, e facían moito barullo, e entón a profesora paraba toda a fileira e viña ver que era o que sucedía. Nunca se alporizaba, Miss Aigletinger. Logo pasabamos ó lado daquela canoa india tan longa, quizais tan longa coma tres Cadillacs posto un diante do outro, e con vinte indios dentro, algúns deles remando e outros de pé, con cara de duros, todos pintados. Na parte de atrás da canoa ía un tío que metía medo, o feiticeiro. Metía moito medo, pero gustábame. E se alguén tocaba os remos ou algo mentres pasabamos, o garda dicía:

—Non toquedes nada, nenos. —Dicíao de boa maneira, non coma un pasma nin nada. Logo viña aquel fanal grande de cristal, cuns indios dentro escofando uns paus para facer lume, e unha *squaw* tecendo unha manta. A *squaw* estaba delongada para adiante, e víanselle as tetas. Todos botabamos unha ollada, mesmo as nenas, porque aínda eran pequenas e non tiñan peito ningún. E ó final, xusto antes de entrar no auditorio, estaba o esquimó, sentado a carón dun buraco no xelo, pescando, alí. Xa tiña dous peixes que collera. Tío, aquel museo estaba cheo de fanais de cristal. Na planta de arriba aínda había máis, con cervos dentro bebendo auga, ou con paxaros voando para o sur a pasa-lo inverno. Os paxaros que quedaban máis preto eran disecados, pendurados cun fío, e os do fondo estaban pintados na parede; pero todos parecía que marchaban voando cara ó sur. Se poñía-la cabeza para abaixo e os mirabas do revés, aínda parecía que tiñan máis présa por marcharen. Pero a mellor cousa daquel museo era que todo estaba sempre igual. Ninguén se movía. Podías ir cen mil veces. O esquimó sempre acababa de coller aqueles dous peixes, os paxaros seguían voando para o sur, os cervos seguían a beber da mesma auga, cos seus cornos e as súas pernas delgadas, e a *squaw* co peito á vista seguía a tece-la mesma manta. Nada cambiaba. O único que cambiabas eras *ti*. Non é que foses moito máis vello nin nada, pero estabas distinto. Ó mellor nesta ocasión levabas un gabán, ou o neno que viña ó teu lado a outra vez tiña a escarlatina e agora tiñas un compañeiro diferente. Ou ía dando a clase unha sustituta en vez de Miss Aigletinger. Ou os teus pais tiveran unha pelexa tremenda no cuarto de baño. Ou acababas de pasar na rúa por un deses charcos que teñen un arco da vella de gasolina. Quero dicir que sempre eras un pouco distinto –aínda que non poida explicalo moi ben, e aínda que puidese, non estou seguro de que me apeteza.

Mentres camiñaba tirei do peto a miña gorra de caza e púxena. Sabía que non había de atopar ninguén que me coñecese, e había moita humidade. Seguín camiñando e camiñando, e pensando en Phoebe indo ó museo os sábados igual ca ía eu. Pensaba que ela tamén miraría as mesmas cousas que eu mirara, e que cada vez tamén sería diferente. Non podo dicir que iso me deprimise, pero tampouco me poñía moi ledo. Hai cousas que deberían ficar sempre como están. Habería que poñelas nun deses fanais de cristal e deixalas alí, tranquilas. Sei que iso é imposible, pero niso pensaba mentres camiñaba. Pasei por un parque infantil e parei a mirar para dous nenos moi cativos que xogaban nun bambán. Un deles era máis gordo. Puxen a man do lado do outro para compensar un pouco o peso, pero ben se vía que non me querían por alí así que, funme.

Entón pasou unha cousa ben estraña. Cando por fin cheguei ó museo, non quería entrar nin que me desen un millón de pavos. Simplemente non me atraía —¡e para iso atravesara todo o parque!—. Se Phoebe estivese dentro a cousa sería distinta, pero non estaba. Así que o que fixen foi coller un taxi e baixar a Biltmore, aínda que moito non me apetecese tampouco. Pero tiña aquela condenada cita con Sally.

CAPÍTULO 17

ERA cedo cando cheguei, así que sentei nun daqueles sofás de coiro que hai ó carón do reloxo e púxenme a ollar para as rapazas. Moitas escolas xa estaban de vacacións, e había alí polo menos un millón de tías, unhas sentadas, outras de pé, agardando polos mozos. Tías coas pernas cruzadas, tías coas pernas sen cruzar, tías con pernas marabillosas, tías con pernas piollentas, tías que parecían moi boas rapazas, tías que tiñan pinta de seren auténticas bruxas. Era unha boa paisaxe, quero dicir. Dalgún xeito, tamén era deprimente, se pensabas que había de ser delas cando deixasen a escola. A maioría casarían con algún paspán, deses que falan de cantos quilómetros lle fan ó coche cun litro de gasolina. Deses que se cabrean se lles gañas ó golf, ou mesmo a un xogo parvo coma o ping-pong. Deses que son mesquiños, que nunca len un libro. Deses que son aburridos coma o demo —aínda que hai que ter coidado cando se lle chama coñazo a certos tipos—. Abofé que non os entendo. Cando estaba en Elkton Hills, botei dous meses no mesmo cuarto que un tal Harris Macklin. Era intelixente, pero un dos máis grandes coñazos que vin na miña vida. Tiña unha voz rasposa, e nunca paraba de falar. O peor era que nunca dicía nada interesante. Había unha cousa que si sabía facer. Asubiaba coma un xilgueiro o fillo de puta. Xa podía estar facendo a cama, ou pendurando algo no roupeiro —sempre andaba a pendurar cousas no roupeiro— que asubiaba sempre, se é que non estaba falando coa súa voz rasposa. Mesmo sabía cousas clásicas, aínda que o máis do tempo asubiaba jazz. Collía algo coma *Tin Roof Blues* e asubiábao tan ben e tan facilmente —mentres penduraba algo no roupeiro— que me deixaba alelado. Por suposto, eu nunca lle dixen que era moi bo asubiador. Quero dicir que un non vai por aí a dicirlle á xente: "Es un gran asubiador". Pero o caso é que aguantei con el dous meses enteiros no mesmo cuarto, a pesar de ser un coñazo, porque era un grande asubiador, o mellor que escoitei nunca. Así que prefiro non xulgar ós coñazos. Quizais un non debera sentilo tanto cando unha rapaza boa casa cun deles. Ó fin non lle fan mal a ninguén, as máis das veces, e se cadra, en secreto, son marabillosos asubiadores ou calquera outra cousa. ¿Quen o sabe? Eu non.

Sally apareceu por fin, subindo polas escaleiras, e eu baixei para atoparme con ela. Viña guapísima, de verdade, con aquel gabán negro, e unha pucha tamén negra. Case nunca levaba sombreiro, pero aquel quedáballe moi ben. O pavero do asunto foi que en canto a vin apeteceume casar con ela. Estou tolo. Nin tan sequera me *gustaba*, e alí, de súpeto, sentín que estaba namorado e quería casar. Xuro por Deus que estou tolo. Admítoo.

—¡Holden! É marabilloso verte. ¡Hai *anos!* —Tiña unha desas voces moi altas que che fan sentir vergoña cando te atopabas con ela nalgún sitio. Perdoábaselle porque era tan guapa, pero amolábame.

—¡Que ben verte! —dixen convencido-. ¿E como estás?

—Absolutamente marabillosa. ¿Chego tarde?

Díxenlle que non, aínda que se retrasase dez minutos. Pero non me importaba. Todas esas paridas que saen nas historias do *Saturday Evening Post* de tíos encabuxados coma o demo porque a moza chega tarde son parvadas. Se unha moza está guapa cando chega, ¿a quen lle importa que chegue tarde? A ninguén.

—É mellor que apuremos. O *show* empeza ás tres menos vinte. —E baixamos polas escaleiras ata onde están os taxis.

—¿Que é o que imos ver?

—Non sei. Os Lunt. Foi o único para o que puiden coller entradas.

—Os Lunt. ¡Ouh, marabilloso!

Xa vos dixen que había de tolear cando soubese que iamos ve-los Lunt.

De camiño ó teatro metémonos un pouco de man no taxi. Ó primeiro ela non quería, porque tiña os beizos pintados, pero eu estaba seductor coma o demo, e non lle deixei alternativa. Por dúas veces, ó frea-lo condenado do coche, estiven a piques de caer do asento. Estes taxistas nunca miran por onde van. E logo, só para que vexáde-lo tolo que estou, despois de estar alí amarrados un bo rato, díxenlle que a quería e todo. Por suposto que era mentira, pero a cousa é que naquel momento *sentíao*. Estou tolo. Xúroo por Deus.

—Ouh, cariño. ¡Eu tamén te quero! —E de seguida dixo:— Prométeme que vas deixar medra-lo cabelo. O corte ó cepillo xa está quedando un pouco hortera. E ti tes un cabelo tan bonito.

Bonito o carallo.

O *show* non era tan malo coma outros que teño visto, pero tampouco foi gran cousa. Trataba dos máis ou menos cincocentos mil anos da vida dunha parella.

Empeza cando son novos, e os pais dela non queren que case con el, pero casa igual. E logo veña a pórse máis e máis vellos. O home vai á guerra, e ela ten un irmán que é un borrachón. A verdade que non me interesei moito, se morría un ou outro da familia, á fin non eran máis ca un fato de artistas. O home e maila muller facían unha agradable parella de vellos –moi listos e tal– pero non me interesaban demasiado. Sempre estaban bebendo té ou algo. Sempre que aparecían, había un criado diante servindo té, ou a muller servíallo a alguén. E todos a entrar e saír –mareábase un de ver tanta xente a sentar e a erguerse–. Alfred Lunt e Lynn Fontaine eran a parella de vellos, e eran moi bos, mais a min non me gustaron. Aínda que eran distintos. É difícil de explicar. Non actuaban coma xente, nin coma artistas. Actuaban máis ben coma se fosen celebridades. Quero dicir que eran bos, pero eran *demasiado* bos. Cando un deles acababa de dicir algo, o outro xa empezaba de seguida. Supúñase que era como a xente falando e interrompéndose uns ós outros. Era *demasiado* coma a xente falando e interrompendo. Actuaban un pouco igual que Ernie toca o piano. Cando fas algo *demasiado* ben, moi pronto, se non tes coidado, empezas a da-la nota. E daquela xa non o fas ben. Con todo, os Lunt era os únicos na obra que parecían ter cabeza. Debo admitilo. Ó remata-lo primeiro acto saímos fóra cos outros paspáns todos a fumar un cigarro. Vaia basca. Nunca vira tantos parvos xuntos na miña vida, todos fumando mesmo polas orellas, e falando da obra ben alto, para que o mundo enteiro soubese o listos que eran. Alí, ó noso lado, estaba un artista de cine. Non sei como se chama, pero é un que sempre aparece nas de guerra, e sempre se pon amarelo cando ten que saír da trincheira. Estaba cunha loira alucinante, e os dous facían coma que non se enteiraban de que todo o mundo estaba a mirar para eles. Modestos coma o demo. Iso divertiume. Sally non falou moito, só algunhas parvadas sobre os Lunt, pois estaba moi atarefada en que todos se desen de conta que era encantadora. E logo, de súpeto, mirou a un parvo que coñecía alá ó outro lado do vestíbulo, un deses con traxe de franela gris escuro e chaleco a cadros. Estrictamente da Liga Ivy. Estaba de pé contra a parede, fumando a abafar. E Sally veña a dicir: *"Sei* que o coñezo de algo". Sempre coñecía a alguén, en todas partes, ou pensaba que coñecía, Estivo repetindo iso ata que me aburrín e díxenlle: "¿Por que non vas alí e lle dás un bico, se o coñeces? Seguro que lle gusta". Encabuxouse toda, cando lle dixen iso. Ó final foi o tío quen se achegou. Tiñades que ver como se saudaron. Pensaríase que levaban vinte anos sen atoparse, que se bañaran na mesma pía cando eran pequenos. Vellos camaradas. Dábame noxo. O máis eguro é que se atoparan *unha vez*, nalgunha festa parva. E despois dun bo intre, Sally presentounos. Chamábase George non sei que —non me lembro— e estudiaba en Andover. Cousa importante. Había que velo cando Sally lle preguntou se lle gustaba a obra. Era desa clase de parvos que teñen que coller *espacio* antes de respostar a unha pregunta. Deu un paso atrás e pisou a unha señora que alí estaba. Debeulle desface-los dedos do pé. Dixo que a obra non era do outro mundo, pero que os Lunt, por suposto, eran uns anxos. *Anxos*, polo amor de Deus. Aquilo case tira comigo. E despois, el e maila Sally comezaron a falar de toda a xente que coñecían. Foi a conversa máis falsa que oín na miña vida. Pensaban nalgún sitio, e entón lembraban a alguén que vivía alí e como se chamaba. Estaba eu xa a piques de vomitar cando chamaron de novo para o segundo acto. E cando tamén este rematou, *seguiron* co coñazo. Veña a pensar en sitios e na xente que alí vivía. O peor era que o parvo aquel tiña unha voz falsa, estilo Liga Ivy, coma moi cansa e *snob*, que soaba coma a dunha tía, e non dubidaba en enrolarse coa miña parella, o fillo de puta. Mesmo pensei que se ía meter no taxi cando a función rematou, pois veu con nós camiñando un bo rato. Pero dixo que quedara cun fato de parvos coma el para tomar unhas copas. Xa os imaxinaba sentados nalgún bar, todos cos seus chalecos de cadros, criticando *shows* e libros e mulleres con voz cansa e *snob*. Estes tíos fanme vomitar.

Cando collémo-lo taxi xa eu odiaba a Sally, logo de ter que escoitar a aquel fillo de puta de Andover dez horas. E xa estaba disposto a levala á casa e adeus, cando dixo:

—Teño unha idea marabillosa. —Sempre tiña ideas marabillosas–. ¿A que hora tes que chegar á casa para a cea? ¿Tes moita présa? ¿Tes unha hora concreta?

—¿Eu? Non, non teño hora. –Nunca dixen unha verdade tan grande–. ¿Por que?

—¡Imos patinar no xeo en Radio City!

Esas son as ideas que sempre tiña.

—¿Patinar en Radio City? ¿Agora?

—Só unha hora ou así. ¿Non queres? Se non *queres...*

—Non dixen que non quixese. Seguro. Se *ti* queres.

—¿De verdade? Non digas que si se non queres. Total a min tanto me ten.

Non lle tiña pouco.

—Pódese alugar unha desas saias pequenas, tan xeitosas, como fixo Jeannette Cultz a outra semana.

Por iso quería ir. Quería pór unha desas saíñas que non tapan nin o cu.

Así que fomos, e despois de dárno-los patíns, pasáronlle a Sally a saíña aquela. A verdade é que estaba ben guapa con ela. Debo admitilo. E ela ben que o sabía. Ía todo o tempo diante de min amosándome o cu tan bonito que tiña. E abofé que era ben bonito.

O pavero era que erámo-los peores patinadores de toda a pista. E mira que os había malos. Os nocelos de Sally dobrábanselle seguido. E acababa no xeo. Supoño que non só quedaba ridícula, senón que lle tiña que doer moitísimo. Eu estaba matándome tamén. Debiamos ter unhas pintas de coña. Había uns douscentos parvos alí que non nos quitaban ollo:

—¿Queres que collamos unha mesa dentro e tomemos algo?

—Esa é a idea máis marabillosa que tiveches en todo o día.

Os patíns estaban matándoa. Deume pena.

Quitámo-los condenados patíns e fomos a aquel bar onde se podía tomar algo en calcetíns e ollar ós patinadores. Axiña sentamos, Sally quitou as luvas, e deille un cigarro. Non parecía moi contenta. Veu o camareiro e pedinlle unha coca-cola para ela e un whisky con soda para min, pero como o fillo de puta non mo quería traer, ó final pedín outra coca-cola. Entón comecei a acender mistos. Hai veces que me dá por acender mistos. Déixoos queimar ata que xa non podo aguantalos na man, e entón céiboos no cinseiro. É unha cousa nerviosa.

De súpeto preguntoume:

—Mira. Teño que sabelo. ¿Vas vir axudarme a arranxa-la árbore de Nadal ou non? Teño que sabelo.

Estaba encabuxada porque lle doían os nocelos.

140

—Xa che escribín que si. Xa mo preguntaches polo menos vinte veces.

—É que teño que sabelo. –E púxose a ollar ó redor.

Entón eu deixei de acender mistos e achegueime a ela por riba da mesa. Tiña unha idea na cabeza.

—Eh, Sally.

—¿Que? –Estaba a ollar para unha moza ó outro lado da sala.

—¿Algunha vez sentícheste farta? Quero dicir se che deu medo de pensar que todo ía irse ó carallo se non facías algo. Quero dicir que se che gusta a escola e todo iso.

—É un coñazo total.

—Quero dicir se a odias. Xa sei que é un coñazo. Pero quero preguntar, ¿ódiala de verdade?

—Ouh. Non podo dicir que lle teña tanta xenreira. Sempre hai que...

—Pois eu si. E moita. E non é só iso. É todo. Vivir en Nova York, os taxis, os buses da Avenida Madison, os chóferes sempre berrando que baixes pola porta de atrás, e que me presentes a tíos que din que os Lunt son anxos, e rubir e baixar nos ascensores cando un só quere saír fóra, e eses fulanos tomándome as medidas dos pantalóns en Brooks, e a xente, sempre...

—Non berres, por favor. –Tiña gracia. Non estaba berrando.

—Por exemplo, os coches. –Dixen moi a modiño–. A maioría da xente anda tola polos coches. Amólanse se lles fan un rascaciño, e sempre a falar que canto lles consome. Axiña mercan un novo, xa están pensando en trocalo por outro que sexa aínda máis novo. Nin sequera me gustan os coches *vellos*. Non me interesan. Preferiría ter un cabalo. Un cabalo polo menos é humano, polo amor de Deus. Un cabalo polo menos...

—Non sei nin de que estás a falar. Dás uns chimpos...

—¿Sabes unha cousa? Probablemente ti e-la única razón pola que estou en Nova York agora mesmo. Se non, estaría nalgún outro lugar, nos bosques ou así. Practicamente ti e-la única razón pola que ando eu por aquí.

—Es moi bo —dixo. Mais ben se lle notaba que quería mudar de conversa.

—Tiñas que ir algunha vez a unha escola de tíos. Próbao unha vez. Están cheas de falsos, e todo o que fas é estudiar para deprender algunhas cousas e mercar un Cadillac algún día, e tes que andar a facer coma que che importa moito se o equipo de fútbol perde, e veña a falar de mozas e de alcohol e de sexo todo o día, e veña todos a pecharse en grupiños e a falar sempre do mesmo. Mesmo os tíos que pertencen ó clube do Libro do Mes fan o seu grupecho. E se tentas ter unha intelixente...

—Agora escoita. Moitos tíos fan máis ca *iso* na escola.

—De acordo. De acordo que algúns fan máis. Pero iso é o que eu saco en limpo. ¿Entendes? Ese é o meu condenado punto de vista. Eu non saco nada en limpo de nada. Estou en baixa forma.

—Certo que estás.

E entón, de súpeto, veume aquela idea.

—Mira. Esta é a miña. ¿Que che parecería abrirte? Coñezo a un tío en Greenwich Village que me pode empresta-lo coche un par de semanas. Ía á mesma escola ca min, e aínda me debe dez dólares. Mañá poderiamos guiar ata Massachussetts e Vermont. É todo moi bonito, de verdade. —Segundo o pensaba, íame excitando máis e máis; acheguéime a ela e collinlle a man. Que parvo era.

—Sen coñas. Teño cento oitenta pavos no banco. Podo sacalos cando abran pola mañá e logo ir recolle--lo coche do fulano ese. Podemos vivir en cabanas e así ata que os cartos se terminen, e despois buscarei un traballo e iremos ó lado dun río, e casamos, ou así. Podo corta-la madeira no inverno e todo. De verdade que poderiamos pasalo moi ben. ¿Que che parece? ¿Que me dis? ¿Vés comigo?

—Non se pode facer unha cousa así –dixo. Estaba cabreada.

—¿E por que non? ¿Por que carallo non?

—Para de berrar, por favor. –O que era unha parvada, pois non estaba a berrar.

—¿Por que non se pode? ¿Por que?

—Porque non. Iso é todo. En primeiro lugar, somos case uns nenos. ¿Algunha vez paraches a pensar que fariamos se non atopas traballo cando os cartos se terminen? Morreriamos de *fame*. Todo o asunto é tan fantástico que...

—Non é fantástico. Atoparía traballo. Non te preocupes diso. ¿Que pasa? ¿Que non queres vir comigo? Se é iso, *dío*.

—Non é *iso* –dixo, e eu xa lle estaba collendo xenreira.

—Xa teremos tempo de facer esas cousas, todas esas cousas, cando saias da facultade, e casemos, e todo. Teremos unha chea de sitios marabillosos a onde ir.

—Non. Non habería unha chea de sitios a onde ir. Daquela todo será moi distinto. –Estábame deprimindo outra vez.

—¿O que? Non te oio. Primeiro berras e logo...

—Dicía que non, que non haberá sitios marabillosos para ir despois de que eu saia da facultade. Abre as orellas. Todo será distinto. Teremos que andar a baixar

143

en ascensores con maletas e cousas. E teremos que chamar por teléfono a todo o mundo e dicirlles adeus, e mandarlles postais dende os hoteis. E eu traballarei nunha oficina, facendo moitos cartos, e irei ó traballo en taxi ou nos buses da Avenida Madison, e lerei xornais e xogarei ó *bridge*, e irei ó cine e verei estúpidas curtametraxes e atraccións e noticiarios. Noticiarios. ¡Xesús Cristo querido! Sempre hai algunha estúpida carreira de cabalos, ou unha señora estoupando unha botella contra un barco, ou un maldito chimpancé montado nunha bicicleta. Non será o mesmo de ningún xeito. Non enténde-lo que quero dicir.

—Se cadra non. Se cadra *ti* tampouco. —Para aquela xa os dous nos odiabamos. Ben se vía que non tiña ningún sentido seguir unha conversa tan pouco intelixente. Mellor fose non tela empezado.

—Veña. Ímonos de aquí –dixen–. Es máis parva ca Abundio.

Tío. Como se puxo cando lle dixen aquilo. Xa sei que non debería dicirllo, e normalmente non o faría, pero é que me estaba deprimindo máis có demo. Normalmente nunca lle digo cousas bastas ás mozas. Tío, como se puxo. Pedinlle moitas desculpas, pero non as aceptaba. Mesmo se puxo a chorar, o que me meteu medo, pois igual ía á casa e llo contaba ó seu pai, que era un deses fillos de puta grandes e calados, e eu non lle gustaba nada. Unha vez dixéralle a Sally que eu facía moito barullo.

—De verdade que o sinto –seguín dicíndolle.

—Séntelo, séntelo. Moi pavero. –Aínda choraba un pouco, e agora si que o sentín de verdade.

—Veña. Lévote a casa.

—Podo ir soa, gracias. Se pensas que vou deixar que me leves *ti* á casa estás tolo. Ninguén me dixera unha cousa así na miña vida.

Dalgún xeito, todo o asunto era un pouco chusco, se se pensaba ben, e de súpeto fixen unha cousa que non debín facer nunca. Botei a rir. Teño unha desas risas fortes e estúpidas. Quero dicir que se algunha vez me sentase detrás de min no cine ou algo así, probablemente me diría a min mesmo que calase. Sally púxose máis tola ca nunca.

Aínda seguín alí un anaco, pedindo desculpas e tratando de que me perdoase, pero non atendía. Dicíame que me fose e que a deixase soa. E foi o que fixen. Ó final fun para dentro e collín os zapatos e todo, e marchei sen ela. Non debería facelo, pero estaba farto.

Se queredes sabe-la verdade, nin sequera sei por qué comecei aquel asunto con ela. Quero dicir, o de irmos a Massachussetts ou Vermont ou onde fose. Probablemente non a levaría aínda que quixese. Non era a persoa axeitada. Pero o máis *terrible* é que naquel momento eu dicíallo *en serio*. Iso é o terrible. Xuro que estou tolo.

Capítulo 18

Cando saín da pista de patinaxe tiña un pouco de fame, así que entrei nunha cafetería a tomar un bocata de queixo e un leite malteado, e logo fun a unha cabina de teléfono. Quería chamar a Jane a ver se xa estaba en casa. Tiña toda a tarde libre. Se a atopaba na casa, podía levala a bailar a algún lado. Desque a coñecía aínda nunca bailara con ela nin nada. Pero unha vez víraa bailar, e pareceume boa bailarina. Fora no clube, nun baile do Catro de Xullo. Mais daquela aínda non a coñecía ben e non quixen separala do tío co que estaba. Aquel fulano terrible, Al Pike, que ía á escola de Choate. Non o coñecía moito, pero sempre andaba pola piscina cun deses bañadores apretados, e guindábase seguido dende o puxavante máis alto, e facía o anxo todo o tempo. Era o único que sabía facer, pero el pensaba que era o máximo. Moito músculo e pouco miolo. O caso é que el era o que estaba coa Jane aquela noite. Xuro que non o entendo. Despois, cando comezamos a saír xuntos, pregunteille como é que podía saír cun gabacho fillo de puta coma Al Pike, e ela dicía que non era un gabacho, que tiña complexo de inferioridade. Facía como se lle dese pena, e non era de todo mentira. É o que pasa coas mozas, que se lles falas dalgún tipo que é claramente un fillo de puta –ruín ou gabacho ou o que sexa–, entón din que o que pasa é que ten complexo de inferioridade. E se cadra *teno*, pero iso non lle quita ser un fillo de puta. Mozñas. Un nunca sabe o que van pensar. Unha vez presenteille un amigo meu á compañeira de cuarto dunha tal Roberta Walsh. Chamábase Bob Robinson e *realmente* tiña complexo de inferioridade. Notábase que sentía vergoña dos seus pais porque falaban mal e non tiñan moitos cartos. Mais non era un fillo de puta nin nada. De feito era un tío agradable, pero á compañeira de cuarto de Roberta Walsh non lle gustou nada. Díxolle a Roberta que era moi presumido –e a *razón* pola que pensou que era presumido foi porque lle contou que era o capitán do equipo de debate–. ¡Por unha cousiña coma esa xa lle pareceu presumido! O problema coas mozas é que, se lles gusta un tío, por moi fillo de puta que sexa, van dicir que ten complexo de inferioridade, e se *non* lles gusta, aínda que sexa un bendito, ou que teña un complexo tremendo, entón han dicir que é un presumido. Ata as mozas listas fan o mesmo.

O caso é que chamei outra vez á Jane, pero non respostaron, así que tiven que colgar. E daquela fun mirar na axenda a ver quen podía estar dispoñible para esa noite. O problema era que só tiña persoas apuntadas nela. Jane, un tal Mr. Antolini que me deu clases en Elkton Hills, e o número da oficina do meu pai. Sempre esquezo pó-los nomes da xente. Así que ó final chamei a Carl Luce. Graduouse na escola de Whooton despois de que eu marchara. Tiña uns tres anos máis ca min, e non me gustaba moito, pero era un deses tíos moi intelectuais –tiña o índice de intelixencia máis alto de todo Whooton– e pensei que igual quería cear comigo nalgún sitio e ter unha conversa lixeiramente intelectual. Ás veces dicía cousas interesantes, así que, chameino. Agora ía a Columbia, pero vivía na rúa Sesenta e cinco e sabía que estaba na casa. Díxome que non podía cear, pero que podiamos tomar unha copa ás dez no Wicker Bar, na rúa Cincuenta e catro. Coido que se sorprendeu de que o chamase. Unha vez dixéralle que era un espirrinchado.

Aínda tiña moito tempo deica as dez, así que fun ó cine a Radio City. Era o peor que podía facer, pero quedaba alí preto, e non discorrín outra cousa. Cando entrei aínda estaban cun pequeno *show* que puñan antes da película. As Rockettes meneábanse coma tolas, todas en ringleira, todas collidas da cintura. A xente batía as mans, e un tío detrás de min dicíalle á muller: "¿Sabes que é iso? Iso é precisión". Case morro de risa. Logo, cando se foron as Rockettes, apareceu un fulano con fraque e patíns e empezou a patinar por debaixo dunhas mesas pequechas e a dicir larachas. Era bo patinador, mais non puiden aprecialo porque o imaxinaba ensaiando para ser un tío que patina no escenario, e parecíame tan estúpido. Supoño que non tiña un bo momento. Despois del puxeron iso que poñen en Radio City tódolos anos por Nadal. Saen uns anxos dunhas caixas e de todas partes, e tíos que levan crucifixos e cousas, e todos eles —milleiros deles— cantan *Adeste Fideles* coma tolos. Unha gran cousa. Suponse que é moi relixioso e moi bonito e tal, pero, polo amor de Deus, a verdade é que eu non vexo nada de relixioso nin de bonito nun fato de actores levando crucifixos polo escenario. Ben se vía que, axiña remataban, saían perdendo o cu a fumar un cigarro e cousas así. O ano anterior fora velo con Sally Hayes e pasou todo o tempo dicindo que lle parecía moi bonito, os traxes e todo. Eu dixen que o bo de Xesús seguro que vomitaría se tal vise –todos aqueles antroidos–. E Sally comentou que eu era un ateo sacrílego, e poida que teña razón, pero o que *de verdade* a Xesús lle gustaría era o tío que tocaba os timbais na orquestra. Levo véndoo dende que tiña uns oito anos. O meu irmán Allie e mais eu, aínda que estivesemos cos nosos pais, sentabámonos preto del para ollalo mellor. É o mellor percusionista que xamais vin. Só ten ocasión de bater nos timbais un par de veces en toda a peza, pero nunca pon cara de aburrido. E logo, cando lle dá, faino tan ben e tan docemente, con aquela expresión nerviosa na cara... Unha vez que foramos a Washington co meu pai, Allie mandoulle unha postal. Seguro que non lle chegou. Non estabamos moi seguros de como habíamos de poñe-lo enderezo.

Cando rematou a peza de Nadal, comezou a condenada película. Era tan pútrida, que non podía afasta-los ollos dela. Un tío inglés, Alec non sei qué, vai á guerra e perde a memoria no hospital. Sae de alí cun borne e coxeando por todo Londres sen saber quen carallo é. O caso é que é un duque, pero non o sabe. Logo topa aquela moza agradable e sincera subindo ó bus. E o sombreiro dela vóalle, e el cólleo, e entón van ó piso de arriba do bus, e sentan, e empezan a falar de Dickens. É o escritor favorito dos dous. Ámbolos dous levan un exemplar de *Oliver Twist*. De verdade que me daban ganas de vomitar. O caso é que se namorou de seguida, debido ó seu interese por Charles Dickens, e el axúdaa a leva-lo seu negocio de librería. Pero o negocio non vai moi ben por culpa do irmán dela, que é un borrachón. Está amargado porque era médico na guerra e agora non pode operar xa que ten os nervios desfeitos, así que non fai máis que beber, aínda que é un tipo listo. O caso é que o Alec escribe un libro, ela publícao, fan un monte de cartos, e xa están para casar cando aparece unha tal Marcia, que era a noiva do Alec antes de perde-la memoria, e recoñéceo cando o ve nun comercio firmando libros. Dille a Alec que en realidade el é un duque, pero el non o cre e non quere ir con ela a visitar á súa propia nai. A nai está cega coma un morcego. A outra moza, a sincera, mándao ir, porque é moi nobre e tal. E vai, pero aínda non recupera a memoria, nin sequera cando aquel Gran Danés se lle bota enriba, nin cando a nai lle pasa as mans pola cara e lle trae un osiño co que xogaba cando neno. Un día, uns nenos están a xogar ó *cricket* na herba e danlle coa bóla na cabeza. Entón si que recupera a condenada memoria, e vai e dálle un bico á nai na fronte, e comeza a vivir coma un duque outra vez, e esquece á moza sincera da librería. Contaríavos toda a historia, mais igual me poño malo de verdade. Non é que a *estrague* para vós. Non hai nada que *estragar*, polo amor de Deus. Alec e maila moza sincera acaban casando, e o irmán borrachón recupérase dos nervios e opera á nai do Alec con tanto éxito que volve ver, e logo casan o irmán e a Marcia. E remata con todos xuntos nunha mesa moi longa rindo coma tolos porque aparece o Gran Danés cun fato de cachorriños. Supoño que pensaban que era macho ou algo así. O único que vos aconsello é que non vaiades vela, se non queredes acabar co estómago estragado.

O que me alucinou foi unha muller sentada ó meu lado, que pasou toda a película chorando. Canto máis parva se poñía a película máis choraba. Pensaredes que é que era de moi bo corazón ou algo así, pero eu estaba sentado ó seu lado, e asegúrovos que non. Tiña con ela un neno pequeno que estaba aburrido coma o demo e ó que lle entraron ganas de ir ó escusado. Non o quería levar. Dicíalle que estivese quieto e que se portase ben. Ou sexa, que tiña tan bo corazón coma unha loba. É o que pasa, que colles a alguén que pasa toda unha película a chorar por parvadas, e nove veces de cada vez son uns fillos de puta. Non estou de coña.

Cando rematou a película, baixei camiñando ata o Wicker Bar, onde me tiña que atopar co Carl Luce, e mentres ía púxenme a pensar na guerra. Sempre me pasa igual cando vexo unha de guerra, penso que se tivese que ir a unha non podería aturalo. Aínda non sería tan malo se só o collesen a un e lle metesen un tiro. O peor é ter que estar no exército tanto tempo. Ese é o problema. O meu irmán D.B. estivo no exército catro anos. Foi á fronte —estivo no Día-D e todo— pero creo que realmente odiaba ó exército máis cá propia guerra. Eu era un neno daquela, mais lembro que cando viña a casa nun permiso botaba todo o día estomballado na cama e case nin sequera aparecía pola sala. Máis adiante, cando foi á guerra en Europa e todo, nunca ficou ferido, nin tivo que pegar un tiro. Todo o que tiña que facer era guia-lo coche dun xeneral que parecía un vaqueiro. Unha vez díxonos a Allie e mais a min que se tivese que tirarlle a alguén non sabería para onde apuntar. Seica o exército estaba tan cheo de fillos de puta coma os nazis. Lembro que unha vez Allie preguntoulle se non era unha sorte estar na guerra, pois sendo el escritor habería moitos temas dos que escribir. Fíxolle ir colle-la súa luva de béisbol e preguntoulle que quen era mellor poeta de guerra, Rupert Brooke ou Emily Dickinson, e Allie dixo que Emily Dickinson. Eu non sei moito diso, pois case non leo poesía, pero o que *si* sei é que tolería se tivese que ir ó exército e estar todo o tempo cun fato de tíos coma Ackley e Stradlater e o Maurice, de marcha con eles e todo iso. Unha vez estiven nos Boy Scouts, unha semana, e non podía aturar ter que ir mirando para o pescozo do tío diante de min. Dicían que había de mirar sempre para o pescozo do tío de diante. Xuro que se hai outra guerra, máis vale que me collan e me poñan contra o pelotón de fusilamento. Non poñería reparos. O que amola do D.B. é que lle teña tanta xenreira á guerra e vaia e o verán pasado me faga ler ese libro de *Adeus ás armas*. Dixo que era boísimo. Iso é o que non podo entender. Era daquel tío que se chamaba tenente Henry, e que se supoñía que era moi bo. Non vexo como é que D.B. odia tanto ó exército e logo vai e gusta dun libro tan falso coma ese. Quero dicir que, por exemplo, non entendo como lle pode gustar ese libro e, ó mesmo tempo, aqueloutro de Ring Lardner, ou o que tanto o fai tolear, *O Gran Gatsby*. Alporizouse todo cando llo dixen, e respostou que eu aínda era moi neno para entender iso, pero non o creo. Díxenlle que Ring Lardner e *O Gran Gatsby* si que me gustaban. E é certo. Encántame o Gatsby. ¡Que tío! Pero o caso é que me alegro que inventasen a bomba atómica. Se hai outra guerra, heime sentar xusto enriba dela. Xuro que me presentarei voluntario.

Capítulo 19

POR se non sodes de Nova York direivos que o Wicker Bar queda nun hotel moi fino que se chama o Seton Hotel. Antes ía moito por alí, mais pouco a pouco funo deixando. É un deses sitios que van de sofisticados e ó final énchense de cretinos. Antes tiñan dúas tías francesas, Tina e Janine, que saían a cantar e a toca-lo piano tres veces cada noite. Unha delas tocaba o piano —moi mal— e a outra cantaba. Case tódalas cancións eran en plan *quentón* ou en francés. A que cantaba, a Janine, comezaba sempre murmurando no micrófono:

—E agoga daguémoslle-la nosa vegsión de Vulevú Fgansé. É a histoguia dunha gapaza fgancesa que chega a unha ggande cidade coma Nova York e namógase dun mozo de Bgooklin. Espego que lles guste.

E logo, rematado o murmurio, cantaba unha canción arrepiante, metade en francés, metade en inglés, e tódolos parvos do lugar perdían a cabeza. Se ficabas alí moito tempo, oíndo a aqueles lapáns batendo palmas e berrando, xúrovos que acababas odiando a humanidade. O que levaba o bar era outro cretino. Tampouco che falaba como non foses unha celebridade ou algo. E se *eras* unha celebridade, entón aínda peor. Daquela achegábase a ti e dicíache cun sorriso máis falso có demo: "Ben, ¿e como está Conneticut?" ou "¿E como está Florida?". De verdade que era un sitio merdento. E pouco a pouco fun deixando de ir.

Era cedo cando cheguei. Sentei na barra —estaba moi cheo— e pedín un par de whiskies con soda, xa antes de que o Luce aparece. Fiquei de pé mentres os pedía, para que mirasen que alto era e non pensasen que era menor de idade. Logo púxenme a olla-los cretinos. Un tío, ó lado, estaba dicíndolle paridas á rapaza que acompañaba. Dicíalle que tiña mans aristocráticas. Case caio ó oír tal cousa. A outra beira do bar estaba chea de maricóns. Non é que sacasen moita pluma —non levaban o cabelo longo nin nada— pero notábaselles que eran maricóns. Por fin chegou o Luce.

O Luce. Vaia tipo. Disque era o meu conselleiro cando estaba en Whooton. O único que facía era falar de sexo cando nos xuntabamos un fato de rapaces no seu cuarto pola noite. Sabía moito de sexo, especialmente de pervertidos e tal. Sempre nos falaba de tíos raros que andan por aí pinando ovellas, ou doutros que van coas bragas dalgunha moza cosidas por dentro do forro do sombreiro. E maricóns. E lesbianas. O Luce sabía de tódolos maricóns e lesbianas dos Estados Unidos. Só tiñas que nomear a alguén —calquera— e Luce dicíache se era maricón ou non. Ás veces custaba crelo, artistas de cine e todo, que segundo el eran maricóns e lesbianas. Mesmo casados, ¡polo amor de Deus! Entón un dicíalle: "¿De verdade que Joe Blow é maricón? ¿Joe *Blow*? Ese tío forte e duro que sempre fai de gangster ou de vaqueiro?" E Luce dicía: "Certamente". Sempre dicía "certamente". Dicía que pouco importaba que estivesen casados, que a metade dos casados eran maricóns e se cadra nin o sabían. Dicía que en calquera momento calquera podía facerse maricón. E o pavero do asunto é que a min parecíame que precisamente o Luce era un pouco deles. Moitas veces dábanos palmadiñas no cu, cando iamos polo pasillo. E cando ía mexar sempre deixaba a porta aberta e falábache mentres estabas a limpa-los dentes ou o que fose. E iso si que é de maricóns. Eu coñecín bastantes na escola, e sempre fan cousas así. Por iso sempre tiven as miñas dúbidas sobre Luce, aínda que era un tío moi intelixente. De verdade que o era.

Nunca dicía ola nin nada cando se atopaba contigo. O primeiro que dixo, en canto sentou, foi que só podía ficar alí un par de minutos, que quedara con alguén. Logo pediu un martini seco, que llo puxesen moi seco, e sen oliva.

—Eh, téñoche un maricón, alí, ó final da barra. Pero non mires agora.

—Moi pavero. O Caulfield de sempre. ¿Cando vas medrar?

Aburríase comigo. Pero eu pasábao ben. Era un deses tíos cos que me divirto.

—¿E como che vai a vida sexual? —Non lle gustaba nada que lle preguntasen esas cousas.

—Reláxate. Bótate para atrás e reláxate, polo amor de Deus.

—Estou relaxado. ¿E que tal Columbia? ¿Gústache?

—Certamente que me gusta. Se non, non estaría alí.

—¿En que te vas licenciar? ¿En pervertidos?

—¿Creste moi gracioso?

—Non, só era unha broma. Escoita, Luce. Ti es un intelectual. Necesito do teu consello. Estou metido nun...

Bufou encabuxado:

—*Escoita*, Caulfield. Se queres sentar aquí e ter unha calma conversa mentres tomamos unha copa...

—Moi ben, moi ben. Reláxate. –Víase que non lle apetecía falar de cousas serias comigo. É o que pasa con estes intelectuais. Nunca queren falar de nada serio se non lles apetece *a eles*. Así que o que fixen foi falar de temas xerais.

—En serio. ¿Como che vai a vida sexual? ¿Aínda saes con aquela de Whooton? Aquela, a que tiña unhas...

—Por Deus, non.

—¿E logo? ¿Que foi dela?

—Non teño nin a *menor* idea. Xa que mo preguntas, supoño que xa debe se-la Puta de New Hampshire.

—Iso non está ben. Se era o bastante decente para que lle meteses man cando andabas con ela, non deberías falar así agora.

—Ouh, por Deus. ¿Vai ser esta unha conversa típica de Caulfield? Quero sabelo agora mesmo.

—Non, pero non está ben. Se era o bastante decente para...

—¿*Temos* que seguir con isto?

Non dixen nada. Tiven medo de que se erguese e marchase se non calaba. O que fixen foi pedir outra copa. Quería empenecarme.

—¿E con quen saes agora? ¿Pódese saber?

—Non a coñeces.

—Si, pero ¿quen? Ó mellor coñézoa.

—Vive en Village. É escultora.

—¿De verdade? ¿E cantos anos ten?

—Non llo preguntei.

—Pero máis ou menos.

—Supoño que anda preto dos corenta.

—¿Preto dos corenta? ¿E gústache? ¿Gústanche tan vellas? –A razón pola que llo preguntaba era que Luce sabía moito de sexo. Perdera a virxindade cando tiña catorce anos, en Nantucket. E sabía cantidade.

—Gústame a xente madura, se a iso te refires.

—¿De veras? ¿E por que? ¿Son mellores para o sexo?

—Escoita. Imos deixa-las cousas claras. Esta noite non vou respostar ningunha pregunta típica de Caulfield. ¿Cando carallo vas medrar?

Non dixen nada durante un intre. Deixeino estar. Logo o Luce pediu outro martini, e aínda máis seco.

—¿E canto tempo levas saíndo con esa escultora? ¿Coñecíala xa cando estabas en Whooton?

—¿Como a ía coñecer? Hai só uns meses que chegou a este país.

—¿Si? ¿De onde é?

—Pois é de Shanghai.

—¿En serio? ¿É chinesa?

—Dende logo.

—¿E gústache iso? ¿Que sexa chinesa?

—Dende logo.

—¿E por que? Interesaríame moito sabelo.

—Pois xa que mo preguntas, sucede que atopo a filosofía oriental máis satisfactoria cá occidental.

—¿Si? ¿Que queres dicir con iso de filosofía? ¿Sexo e tal? ¿Queres dicir que o fan mellor en China? ¿É iso?

—Non necesariamente en *China*, polo amor de Deus. Dixen no Oriente. ¿Pero temos que seguir con esta conversa inane?

—Escoita. Falo en serio. ¿Por que é mellor en Oriente?

—É moi fondo para entrar nisto agora. O que pasa é que consideran o sexo coma unha cousa ó mesmo tempo física e espiritual. Se pensas que...

—¡Eu tamén! Eu tamén a considero unha cousa física e espiritual. Pero depende con quen. Se estou cunha que nin...

—Non fales tan forte, Caulfield. Se non es capaz de baixa-la voz, deixámolo...

—Moi ben, pero escoita. -Estábame excitando moito, e *estaba* falando moi forte. Ás veces falo un pouco forte cando me excito–. O que quero dicir é que xa sei que se supón que é algo físico e espiritual, e artístico e todo, pero que non se pode facer con *calquera* tía e que saia así. ¿Non si?

—Deixámolo. ¿Queres?

—Moi ben, pero atende. Por exemplo, ti e mais esa chinesa. ¿Que é o que hai tan bo entre vó-los dous?

—*Déixao*, xa che dixen.

Decatábame de que me estaba metendo nun terreo moi persoal, pero esa era unha das cousas que máis me amolaban do Luce. Cando estabamos en Whooton, facía que lle contases mesmo as cousas máis íntimas que che pasaban *a ti*, mais se lle preguntabas *a el* sobre as súas, entón encabuxábase. A estes intelectuais non lles gusta ter unha conversa intelectual contigo se non son eles os que levan as rendas. Sempre queren que cales ti cando eles falan, e que voltes para o teu cuarto cando eles voltan para o seu. Cando estabamos en Whooton, Luce amargábase se ó remata-la súa charla de sexo no cuarto, iamos falar sen el noutro lado. Sempre quería que cada un fose para a súa habitación e ficase calado, despois de rematar el. Tiña medo de que algún outro dixese algunha cousa máis interesante do que el dixera. Facíame gracia.

—Ó mellor vou á China. A miña vida sexual é unha merda.

—Por suposto. A túa mente é inmadura.

—Si que o é. Xa o sei. ¿Sábe-lo que me pasa? Que non me quento de verdade, quero dicir *a tope*, se unha moza non me gusta moito. Ou sexa, que me ten que gustar *moito*, se non perdo o desexo. E iso escaralla a miña vida sexual.

—Por suposto que si. Xa che dixen a última vez que falamos o que ti necesitas.

—¿Di-lo de ir a un psicanalista? —Iso é o que me dixera que tiña facer. O seu pai era psicanalista.

—É cousa túa. Non é o meu problema o que fagas da túa vida.

Non dixen nada durante un bo rato. Estaba pensando.

—E supoñendo que fose onda teu pai e me psicanalizase e tal, ¿que me ía facer?

—Non che ía facer nada. Falaría contigo, e ti falarías con el, polo amor de Deus. Axudaríache a recoñece-los patróns da túa mente.

—¿O que?

—Os patróns da túa mente. A túa mente traballa... Escoita, non che vou dar agora un curso elemental de psicanálise. Se che interesa, chámao e pídelle vez. E se non che interesa, nada. A min tanto me ten.

Púxenlle a man no lombo. Facíame gracia:

—Verdadeiramente es un amigable fillo de puta. ¿Sabíalo?

Estaba a mira-lo reloxo.

—Teño que abrirme. Encantado de verte. —Ergueuse, chamou polo camareiro e pediulle a conta.

—Eh. ¿O teu pai psicanalizoute a ti?

—¿A min? ¿Por que mo preguntas?

—Por nada. ¿Psicanalizoute?

—Non exactamente. Axudoume a *axustarme* un pouco, mais non foi necesaria unha análise longa. ¿Por que mo preguntas?

—Por nada. Só matinaba.

—Ben. Tómao con calma. —Deixou propina, e xa se ía.

—Toma outra copa, por favor. Estou máis só cá unha.

Pero dixo que non podía, que lle era tarde, e saíu.

O Luce. Un coñazo, pero tiña un bo vocabulario. Cando eu estaba en Whooton, el tiña o vocabulario máis amplo de toda a escola. Fixéranos unha proba.

Capítulo 20

SEGUÍN alí sentado, bebendo e agardando a que aparecesen a Tina e maila Janine coa súa función, pero resulta que xa non estaban. Saíu un amariconado de cabelo ondeado a toca-lo piano, e logo unha nova cantante, Valencia. De boa non tiña nada, pero era mellor cás outras, e as cancións estaban bastante ben. O piano quedaba ó lado da barra, e a Valencia cantaba de pé, case a carón de min, así que lle botei unha boa ollada, pero fixo que non se daba de conta. Normalmente eu non me comporto así pero daquela xa estaba peneco. Cando rematou, foise tan á présa que non me deu tempo de invitala a unha copa, así que chamei ó xefe de camareiros e díxenlle que lle preguntase se quería vir tomar algo comigo. Respostoume que si, que xa llo ía dicir, mais probablemente non lle deu o recado. Esta xente nunca dá os recados a ninguén.

Botei alí sentado na barra aquela ata a unha, emborrachándome, coma un fillo de puta. Xa nin vía. Tiven moito coidado de non chama-la atención, para que ninguén viñese preguntar cántos anos tiña, pero estaba realmente cego. E cando estiven totalmente peneco, comecei de novo co xogo aquel de ter unha bala na barriga. Era o único tipo en todo o bar, e tiña unha bala na barriga, e apretaba coa man debaixo da chaqueta, para non encher todo de sangue. Non quería que ninguén soubese que estaba ferido. Escondía o feito de que era un cabrón ferido. E ó final, apeteceume chamar á Jane a ver se xa voltara a casa. Así que paguei a conta e funme para onda o teléfono, sempre coa man debaixo da chaqueta para que non saíse o sangue. Tío, que peneco estaba.

Pero en canto estiven na cabina, xa non tiña tan claro o de chamala. Supoño que estaba demasiado cego. O caso é que ó final chamei a Sally Hayes.

Tiven que marcar unhas vinte veces antes de acertar co número.

—Ola –dixen cando alguén colleu o condenado aparato. Ou máis ben berraba, do cego que estaba.

—¿Quen é? –dixo unha voz moi fría de muller.

—Son eu, Holden Caulfield. Déixeme falar con Sally, por favor.

—Sally está *durmindo*. Son a súa avoa. ¿Por que chamas a estas horas, Holden? ¿Sabes que hora é?

—Sei. Quero falar con Sally. É moi importante. Que se poña.

—Sally está *durmindo*, rapaz. Chámaa mañá. Boas noites.

—Espértea, espértea. ¡Eh!

E entón saíu unha voz distinta. Era Sally.

—Holden, son eu. ¿Que che pasa?

—Sally. ¿Es ti?

—Son. Non berres. ¿Estás peneco?

—Estou. Escoita, vouche axudar coa árbore de Nadal, ¿de acordo? ¡Eh, Sally!

—Si, estás peneco. Agora vai para a cama. ¿Onde estás? ¿Quen está contigo?

—¡Sally! Vou ir e vouche axudar coa árbore. ¿De acordo?

—*Si*. E agora vai para a cama. ¿Onde estás? ¿Quen está contigo?

—Ninguén. Estou só. —Tío, que cego estaba. Aínda seguía a apreta-la barriga—. Colléronme. Os da banda de Rocky colléronme. ¿Sabes? ¿Sabes, Sally?

—No te oio ben. Vai á cama. Chámame mañá.

—Sally. ¿Queres que che adorne a árbore? ¿Queres, eh?

—Quero. Boas noites. Vai para a casa e métete na cama. —E colgou.

—Boas noites, Salliña. Salliña querida.

¿Podedes imaxina-lo cego que estaba? Colguei tamén. Figureime que chegaba xusto naquel intre dalgunha cita. Imaxineina cos Lunt nalgún lugar, e co parvo aquel de Andover, todos a nadar nun pote de té, e a dicir cousas moi sofisticadas, encantadoras, falsas. Arrepentinme de tela chamado. Cando bebo toleo. Aínda fiquei na cabina un bo anaco. Seguía co teléfono na man, máis ca nada para non caer. A verdade é que non me sentía moi ben. Pero ó final saín e fun ó servicio dando cambadelas coma un lapán, e enchín de auga fría unha das piletas. Metín a cabeza ata as orellas, e logo non a sequei. Deixeina pingar. Fun ata o radiador que había a carón da fiestra e sentei enriba del. Sentinme mellor. Tremelicaba coma un cabrón. É unha cousa pavera, que sempre me poño a aterecer cando estou peneco.

Non tiña outra cousa que facer, así que seguín alí, sentado no radiador, a conta-los cadriños do chan. Todo enchoupado. Caíanme litros de auga polo pescozo, a camisa e a gravata, pero importábame un carallo, do cego que estaba. Entón entrou o tío que tocaba o piano coa Valencia, o do cabelo ondeado. Entrou a peitea-las súas ondas douradas. Máis ou menos

163

tivemos unha conversa, mentres se peiteaba, aínda que non parecía moi amistoso.

—Eh. ¿Vas ver á Valencia agora no bar?

—É moi probable. –Un listiño fillo de puta. Non atopo máis ca listiños fillos de puta.

—Escoita. Saúdaa da miña parte. E pregúntalle se o camareiro lle deu o meu recado, ¿queres?

—¿Por que non vas para a cama, chaval? ¿Cantos anos tes?

—Oitenta e seis. Mira. Saúdaa da miña parte. ¿De acordo?

—¿Por que non vas para casa, chaval?

—Aínda non. ¡Que ben toca o piano! –Era só para darlle xabrón. Tocaba que metía medo, se queredes sabe-la verdade–. Debías tocar na radio. Un tío guapo coma ti, con todas esas ondas douradas. ¿Non precisas dun *manager*?

—Vai para casa, chaval. Vai durmila.

—Non teño casa a onde ir. Sen coñas, ¿non precisas dun *manager*? –Non respostou. Saíu. Rematou de peitea-las ondas e foise.

Igual co Stradlater. Todos estes tíos guapos fan sempre o mesmo. Axiña rematan co condenado cabelo vanse e pasan de ti. Cando ó final baixei do radiador e fun para o gardarroupa, estaba chorando. Non sei por que, mais supoño que era porque me sentía moi deprimido e só. E logo non atopaba o condenado tique. Pero a rapaza do gardarroupa foi moi agradable e deume igual o gabán, e díxome tamén que me fose para a casa e que me metese na cama. Deume tamén o disco de *Little Shirley Beans*. Dáballe un pavo de propina, mais non mo quixo. Entón tentei de quedar con ela para cando saíse de traballar. Dixo que non, era o bastante vella para se-la miña nai. Amoseille o meu cabelo gris e díxenlle que tiña corenta e dous —por suposto que estaba só a xogar—. Era unha muller agradable. Amoseille a pucha vermella de caza e gustoulle. Fíxoma pór antes de saír, porque aínda tiña o cabelo moi mollado. Era moi agradable.

Xa non me sentía tan peneco cando cheguei fóra, pero ía moito frío, e batíanme os dentes, e non podía paralos. Fun ata a Avenida Madison e agardei a ver se viña algún bus, pois xa non me quedaban moitos cartos e tiña que economizar cos taxis. Mais non me apetecía coller un bus e, ademais, tampouco sabía ben a ónde quería ir. Así que camiñei para o parque. Pensei ir ata a lagoa e ver qué estaban a face-los patos, se estaban alí ou non. Aínda non sabía moi ben se había patos. Non quedaba lonxe e non tiña outro sitio a onde ir —nin sequera sabía ónde había *durmir*—, así que fun. Non estaba canso nin nada. Só triste. Moi triste.

Entón pasoume unha cousa tremenda. Xusto cando cheguei ó parque caeume o disco de Phoebe, e partiu en cincuenta cachos. Tiña unha boa funda e todo, pero partiu igual. Sentinme tan mal que case chorei, e o que fixen foi colle-los anacos da funda e metelos no peto. Non valían para nada, pero tampouco quería deixalos alí tirados. E logo entrei no parque. Tío, que escuro estaba.

Levo toda a vida vivindo en Nova York. Coñezo Central Park coma a palma da man porque de pequeno ía alí a patinar seguido e a andar na bici, pero esa noite tiven que buscar moito para atopa-la lagoa. *Sabía* onde estaba —alí, ó lado do Central Park South— e aínda así non a atopaba. Debía estar máis peneco do que eu cría. Seguín a andar e andar, e cada vez poñíase todo máis escuro e máis triste. Non vin unha soa persoa en todo o tempo. Mais me valeu. Se me chega a ver alguén mátoo do susto. Por fin dei coa lagoa. Unha parte estaba xeada. A outra non. Pero nin un só pato. Andei todo ó redor —mesmo estiven a piques de caer dentro unha vez— e non vin un pato. Pensei que se estaban, estarían a durmir á beira da auga, e foi por iso que por pouco caio dentro, mais non vin pato ningún.

Finalmente sentei nun banco que non estaba tan escuro. Estaba a tremer coma un cabrón e, aínda que levaba posta a pucha vermella, tiña xa algúns cachos de xeo no pelo. Iso aqueloume. Pensei que igual collía unha pulmonía e morría. Comecei a imaxinar a millóns de parvos vindo ó meu funeral. O meu avó de Detroit, que sempre vai dicindo en alto tódolos números das rúas cando vai no bus, e as miñas tías —teño unhas cincuenta tías—, e os meus piollosos curmáns. Toda a peña. Todos viñeron cando morreu Allie, toda a estúpida peña. Teño unha tía que ten halitose e non paraba de dicir que parecía moi *tranquilo* alí deitado, segundo me contou D.B. Eu non estaba, que aínda me tiñan no hospital despois de corta-la man. O caso é que seguía alí, asustado de poder pillar unha pulmonía, con todos aqueles cachos de xeo no cabelo, e de que puidese morrer. Sentino moito polos meus pais, particularmente pola miña nai, que aínda non se recuperou ben do de Allie. Imaxineina sen saber qué facer cos meus traxes e co meu equipo de atletismo. A única cousa boa era que sabía que no habían deixar á miña irmá Phoebe ir ó funeral porque era aínda unha nena. Iso era o único bo. E logo pensei en todos eles poñéndome no cemiterio, co meu nome no panteón e os mortos todos ó redor. Tío, cando morres si que cha fan boa. Se é que morro desta, espero que alguén teña o sentido de guindarme ó río ou algo así. Calquera cousa mellor que meterme nun condenado cemiterio, coa xente a vir e a poñerche flores na barriga os domingos, e toda esa merda. ¿Quen quere flores cando está morto? Ninguén. Cando vai bo tempo os meus pais van moitas veces a poñer flores no panteón de Allie. Fun con eles dúas veces, e non voltei. En primeiro lugar, non me gusta velo alí, naquel estúpido cemiterio, rodeado de tíos mortos e outros nichos. E aínda menos mal cando ía bo tempo, porque as dúas veces que fun empezou a chover e era arrepiante. Chovíalle no panteón, e chovíalle a herba enriba da barriga. Chovía a cachón, e tódolos que estaban visitando o cemiterio liscaron a correr para os coches. Iso fíxome tolear. Todos se metían nos coches e poñían a radio e ían cear a algún sitio ben quentiños. Todos menos Allie. Non o puiden aturar. Xa sei que só é o seu corpo o que está no cemiterio, e que a súa alma está no ceo e toda esa leria, pero non o puiden aturar. O que eu quería era que non estivese alí. Vós non o coñeciades, se non ben saberiáde-lo que quero dicir. Aínda non me parece tan mal cando vai sól, pero o sol só sae cando quere saír.

Despois dun intre, só por non pensar en colle-la pulmonía e tal, saquei os cartos e tentei de contalos á luz da farola. Só me quedaban tres dólares, cinco moedas de cuarto e unha de cinco centavos –gastara unha fortuna desque saíra de Pencey–. E o que fixen foi baixar de novo ata a lagoa e tira-las moedas na auga, onde non estaba xeada. Non sei por qué, pero foi o que fixen. Supoño que pensei que iso ía aparta-la miña mente da idea de coller unha pulmonía e morrer. Pero non o logrei.

Empecei a pensar cómo se había de sentir Phoebe se eu collía unha pulmonía e morría. Era parvo pensar unha cousa así, mais non podía paralo. Había de sentirse moi mal se iso sucedía. Non podía aparta-lo asunto da cabeza. E ó final decidín que o mellor que podía facer era ir á casa a vela, non fose que morrese. Tiña a chave da porta e imaxinei que podería entrar sen que ninguén se enteirase, con moito coidado, e falar con ela un anaquiño. O único que me aquelaba era o barullo que fai a porta ó abrila. É unha casa de pisos xa vella, e o administrador é un bergante; non hai cousa que non chirríe ou faga algún barullo. Tiña medo de que os meus pais me oísen entrar, pero decidín tentalo de tódolos xeitos.

Así que abrinme do parque e fun para casa. Fun camiñando, pois non era lonxe, e tampouco estaba canso, nin sequera peneco. Só que ía moito frío, e non se vía a ninguén.

Capítulo 21

FOI o mellor que me pasou en anos. Cando cheguei ó edificio, o ascensorista Pete non estaba. Sustituíao un tío novo ó que non coñecía, así que imaxinei que podería entrar sen que os meus pais me sentisen. Saudaría a Phoebe e logo marcharía sen que ninguén soubese que eu andara por alí. Foi moita sorte. E o que aínda era mellor, o novo ascensorista pertencía á banda dos parvos. Díxenlle que me subise á casa dos Dickstein, que son os veciños de fronte nós, coma quen que ía onda eles, quitei a pucha de caza para non parecer sospeitoso, e entrei no ascensor coma se tivese moita présa.

Xa pechara as portas e todo, e íalle dar para arriba, cando se virou e dixo:

—Non están. Van nunha festa no piso catorce.

—É igual. Teño que agardar por eles. Son o seu sobriño.

Botoume unha ollada parva e sospeitosa.

—Mellor agarde abaixo.

—Gustaríame, de verdade. Mais teño unha perna mala, e hei de mantela nunha certa postura. O mellor é que me sente na cadeira que hai diante da súa porta.

Non sabía de que carallo estaba eu a falar. O único que fixo foi "ouh" e levoume ó piso. Non estivo mal.

É pavero. Só tes que dicir algo que ninguén entenda e, daquela, fan calquera cousa que lles digas.

Baixei no noso piso —coxeando coma un cabrón— e fun para o lado dos Dickstein. Logo, cando oín baixa--lo ascensor, dei a volta e metinme para a nosa parte. Todo saía ben. Xa nin sequera estaba peneco. Collín a chave e abrín, a modiño, coma o demo. E entón, con moito, moito xeito, entrei e pechei a porta. Debería meterme a ladrón.

Estaba moi escuro e, por suposto, non podía acende-la luz. Tiña que ter moito coidado de non toupeñar contra algo e armar unha remoldaina. Pero sabía que estaba na miña casa, pois hai un cheiro que non hai en ningún outro sitio. Non sei a qué. Non é a coliflor, nin a perfume. Non o podo definir. Estaba na casa. Ía quita-lo gabán e penduralo na entrada, pero está chea de percheiros que fan moito barullo, así que o deixei posto. Entón comecei a camiñar moi a modiño ata o cuarto de Phoebe. Sabía que a cariada non ía oír nada, porque lle faltaba un tímpano. Unha vez contáranos que o seu irmán lle metera unha palla ata o fondo da orella e que a deixara xorda. Sen embargo, os meus pais, especialmente a miña nai, oen coma cans de presa, así que procurei andar moi a modiño, cando pasei pola súa porta. Mesmo parei o alento. Ó meu pai podes darlle na testa cunha cadeira, se cadra nin esperta, pero miña nai, só tes que tusir nalgún lugar de Siberia, e óete. É moi nerviosa. Pasa a metade da noite en pé, fumando cigarros.

Por fin, unha hora máis tarde, cheguei ó cuarto de Phoebe. Non estaba alí. Esquecera que sempre dorme no cuarto de D.B. cando el vai en Hollywood ou nalgunha outra parte. Gústalle porque é o cuarto máis grande da casa, e tamén porque ten aquela grande mesa que D.B. lle mercou a unha muller alcohólica en Philadelphia, e unha cama xigante que mide polo menos dez millas de ancho e outras tantas ó longo. Non sei ónde a mercou. O caso é que Phoebe sempre quere durmir na cama de D.B. cando el está fora, e el déixaa. Tiñádela que ver a face-los deberes naquela mesa enorme. É case tan grande coma a cama, tan grande que a ela nin a ves alí no medio. Mais iso é o que lle gusta. Di que non se afai ó seu cuarto porque é demasiado pequeno, e que lle gusta espallarse. Iso faime rir. ¿Que ten que espalla-la Phoebe? Nada.

O caso é que fun para dentro do cuarto do D.B. e prendín a luz da mesa de noite. A Phoebe nin espertou. Fiquei ollando para ela un bo intre. Alí estaba, deitada a durmir, coa cara contra o cabezal e a boca aberta. É pavero. Ves un adulto durmir coa boca aberta, e resulta desagradable, pero os nenos non. Os nenos resultan encantadores, aínda que poñan toda a almofada chea de cuspe.

Andei polo cuarto mirando, e sentíame ben. Xa nin pensaba que podía coller unha pulmonía nin nada. Sentíame ben, para variar. A roupa de Phoebe estaba nunha cadeira xusto ó lado da cama. Para ser unha nena é moi ordenada. Quero dicir que non tira todo polo chan como fan moitos cativos. Tiña unha chaqueta que miña nai lle mercara no Canadá pendurada no espaldar da cadeira, e a blusa e o resto no asento. Os zapatos e os calcetíns estaban no chan, xusto debaixo da cadeira, un á par do outro. Non lle vira antes aqueles zapatos. Seica eran novos. Uns mocasíns marróns, igual ca uns que teño eu, que ían moi ben coa chaqueta aquela. A miña nai vístea moi ben. Ten moi bo gusto para algunhas cousas. Non vale para mercar patíns e cousas desas, pero para a roupa si.

Phoebe sempre leva algo que resulta encantador. Hai moitos nenos que, aínda que os pais teñen moita pasta, levan postas cousas verdadeiramente arrepiantes. Tiñades que ver á Phoebe con aquel traxe que a miña nai lle mercara en Canadá.

Sentei á mesa de D.B. e púxenme a mira-lo que por alí había. Cousas de Phoebe, da escola. Libros e tal. O primeiro de todos chamábase *A aritmética é Divertida*. Abrín a primeira páxina e boteille unha ollada. Phoebe escribira alí:

Phoebe Weatherfield Caulfield
4 B-1

Fíxome gracia. O seu segundo nome é Josephine, e non Weatherfield, pero non lle gusta, e sempre anda a trocalo por outros. Debaixo do libro de Aritmética había outro de Xeografía; e baixo deste, un de Ortografía. Dáselle moi ben a Ortografía. Dáselle ben todo; pero a Ortografía aínda mellor. E logo viña un monte de cadernos. Polo menos ten uns cinco mil cadernos. Nunca vin un neno con tantos cadernos. Abrín o primeiro e poñía:

Bernie fala comigo no recreo teño unha cousa importante que dicirche.

Iso era o único que había nesa páxina. E na seguinte:

¿Por que hai tantas fábricas de conservas?
Porque hai moito salmón.
¿Por que hai bosques moi bos?
Porque teñen o clima axeitado.
¿Que ten feito o noso goberno para mellora-la vida dos esquimós de Alaska?

172

¡¡¡Miralo para mañá!!!
Phoebe Weatherfield Caulfield
Phoebe Weatherfield Caulfield
Phoebe Weatherfield Caulfield
Phoebe W. Caulfield
Phoebe Weatherfield Caulfield Esq.
¡¡¡Por favor pásallo a Shirley!!!
Shirley ti dicías que eras Saxitario
pero non es máis ca Tauro, trae os patíns
cando veñas á miña casa.

Sentei alí a ler todo o caderno. Non me levou moito. Eu podo ler esta clase de cousas, o caderno de Phoebe ou o de calquera outro neno, durante todo o día e toda a noite se fai falta. Encántanme os cadernos dos nenos. Entón acendín outro cigarro –era o último–. Xa levaba fumados aquel día uns tres paquetes. E despois, por fin, esperteina. Non podía ficar alí sentado todo o resto da miña vida; e ademais, tiña medo de que me descubrisen os meus pais antes de dicirlle ola. Así que a espertei.

Espértase facilmente. Quero dicir que non lle hai que berrar nin nada. Practicamente o único que hai que facer é sentar á beira da cama e dicir: "Phoebe, esperta", e bingo, esperta.

—Holden –dixo de seguida, e púxome os brazos ó redor do pescozo. É moi afectiva, para ser unha nena. Ás veces é *demasiado* afectiva. Deille un bico, e dixo:

—¿Cando chegaches á casa? –Ben se vía que estaba moi leda de verme.

—Fala baixo. Cheguei agora. ¿E como estás ti?

—Moi ben. ¿Chegouche a miña carta? Escribinche unha de cinco páxinas.

—Chegou. Fala baixo.

Escribírame unha carta, pero non tivera oportunidade de contestarlla. Contábame dunha obra de teatro na escola, e de que non quedara con ninguén para o venres, e de que podía ir vela.

—¿Como vai a obra? ¿Como dicías que se chamaba?

—*Un cadro de Nadal para Americanos*. É unha merda, pero eu fago de Benedict Arnold, que practicamente é o papel máis importante.

Tío, que esperta estaba xa. Excítase moito contando estas cousas.

—Empeza comigo a morrer unha Noiteboa, e entra un fantasma e pregúntame se non teño vergoña por traicionar ó meu país e tal. ¿Vas vir vela? —Estaba sentada na cama—. Iso foi o que che escribín. ¿Vas vir?

—Desde logo que vou.

—Papá non pode. Ten que ir a California.

Estaba totalmente esperta. Non lle leva nin dous segundos espertar de todo. Estaba sentada nos xeonllos enriba da cama.

—Mamá dixo que viñas o *mércores*. Dixo o *mércores*.

—Saín antes. Fala máis baixo, ou vas espertar a todo o mundo.

—¿Que hora é? Non van chegar ata moi tarde, segundo dixo mamá. Van nunha festa en Norwald, Conneticutt. Adiviña o que fixen este serán. ¡Que película vin! ¡Adiviña!

—Non sei. Escoita. ¿Non dixeron a que hora virían?

—*O Médico*. É unha película especial que puxeron na Fundación Lister. Só a puxeron un día, hoxe. É dun médico en Kentucky que lle pon unha manta por riba a unha nena que é tolleita e non pode nin andar. E logo mándano á cadea e todo. Foi excelente.

—Escoita un momento. ¿Non dixeron a que hora...?

—É que lle dá pena a nena. Por iso lle bota a manta por riba, e afógaa. Entón mándano á cadea para toda a vida, mais a nena que el afogou sempre vén visitalo e dálle as gracias polo que fixo. Matouna por piedade, pero tamén sabe que merece ir á cadea porque un médico non pode face-lo que quere coas cousas de Deus. Levóuno-la nai dunha nena da miña clase, Alice Holmborg. É a miña mellor amiga. É a única no mundo...

—Agarda un segundo. ¿Queres? Estouche facendo unha pregunta. ¿Dixeron a que hora ían voltar ou non?

—Non, pero van vir moi tarde. Papá levou o coche e todo, para non ter que andar a aquelarse polos trens. Agora puxéronlle radio, aínda que di mamá que non se oe ben cando hai tráfico.

Empecei a relaxarme. Deixei de me preocupar por se me collían ou non na casa. En fin, ¡que máis daba!

Tiñades que ver á Phoebe alí. Levaba un pixama azul, con elefantes vermellos. Encántanlle os elefantes.

—Así que foi unha boa película, ¿eh?

—Marabillosa, aínda que Alice tiña unha mormeira de medo, e a nai non paraba de preguntarlle como estaba, xusto no medio da película. Sempre nos intres máis interesantes botábase no medio para preguntarlle a Alice se estaba ben. Acabei farta dela.

Entón díxenlle o do disco.

—Merqueiche un disco, pero racheino polo camiño. –Saquei os cachos do peto e amoseillos–. Estaba peneco.

—Dáme os cachos. Vounos gardar. –Colleumos da man e botounos no caixón da mesa de noite.

—¿D.B. vén para Nadal?

—Poida que veña e poida que non, segundo dixo mamá. Depende. Ó mellor ten que ficar en Hollywood a escribir unha película sobre Annapolis.

—¡Annapolis, manda carallo!

—É unha historia de amor. ¡Adiviña quen vai se-lo actor! ¿Quen vai se-lo actor?

—Non me interesa. Annapolis, manda carallo. ¿E que sabe D.B. de Annapolis? ¿Que ten iso que ver coa clase de historias que el escribe? —Tío, é que iso ponme malo. O condenado Hollywood.

—¿Que che pasou no brazo? —Notei que tiña unha venda no cóbado, pois o pixama non tiña mangas.

—Ese rapaz, Curtis Weintraub, que está na miña clase, empurroume cando baixabamos polas escaleiras do parque. ¿Queres velo? —Comezou a quita-la venda.

—Déixaa, déixaa. ¿E por que te empurrou?

—Non o sei, pero penso que me ten xenreira. Outra nena, Selma Atterbury, e mais eu botámoslle tinta no anorac.

—Iso non está ben. Xa non es tan pequena.

—Non, pero é que sempre que imos ó parque, *perségueme* por todas prtes. Sempre me segue, e ponme nerviosa.

—O máis seguro é que *lle gustes*. Iso non é razón para botarlle tinta...

—Eu non quero gustarlle. —E entón empezou a ollar para min en fite.

—Holden. ¿E como é que non vólta-lo *mércores*?

—¿O que? —Tiñades que velo. Se non credes que é marabillosa é que estades tolos.

—¿Como é que voltas antes do *mércores*? ¿Non te botarían, eh?

—Xa che dixen que nos mandaron para casa antes. Mandáronnos a todos...

—Botáronte. Si que te botaron. —E deume unha puñada na perna. Ás veces dálle por dar puñadas. —¡Si que te botaron! ¡Holden! —Tiña a man na boca e todo. É moi emotiva, xúrovolo.

176

—¿Pero quen dixo que me botaran? Ninguén...

—¡Botáronte! -e deume outra boa puñada. Abofé que me doeu.

—Papá vaite matar. —E botouse de barriga na cama e puxo a condenada almofada por riba da cara. Fai iso moitas veces. Ponse como tola.

—Déixao xa. Ninguén me vai matar. Ninguén vai sequera... Veña, Phoebe. Quita iso de riba da cara. Ninguén vai facerme nada.

Pero non quitaba a almofada. Non hai quen lle faga facer unha cousa se ela non quere. Só seguía a dicir "Papá vaite matar", e case nin se lle entendía, con aquela almofada enriba da cara.

—Non me van facer nada. Usa a cabeza. Ademais, vou marchar. Vou coller un traballo nun rancho ou así por un tempo. Sei dun rapaz que o avó ten un rancho en Colorado, e podo ter traballo alí. Cando me vaia seguirei en contacto contigo. Veña, quita iso da cara, Phoebe. ¿Queres? Veña, por favor.

Pero seguía sen quitala. Tentei de tirarlla, mais é forte coma o demo. Cansei de pelexar con ela. Se quere manter unha almofada enriba da cara, que a manteña.

—Phoebe, por favor. Quita iso. Veña, Phoebe. Por favor.

Pero nada. Ás veces non hai maneira nin de razoar con ela. Ó final erguinme, fun á sala, collín uns cigarros dunha caixa e metinos no peto. Eu xa non tiña.

177

CANDO voltei xa tirara a almofada da cara —eu xa sabía que o faría— pero non quería mirar para min; e iso que estaba deitada de costas. Dei a volta á cama e sentei do outro lado. Ela virou a cabeza. Envougaba, como fixeran os do equipo de esgrima de Pencey cando deixara tódolos condenados floretes no metro.

—¿E como vai Hazel Weatherfield? ¿Escribiches algún conto novo dela? Teño na maleta aquel que me mandaches. Téñoa na estación. É moi bo.

—Papá vaite *matar*.

Cando se lle mete algo nos miolos non hai quen llo quite.

—Dígoche que non. O máis que pode facer é botarme unha bronca e mandarme á escola militar. Iso é todo o que pode facer. E non penso andar por aquí. Estarei fóra. Probablemente en Colorado, nese rancho.

—Non me fagas rir. Nin sequera sabes montar a cabalo.

—¿Quen non sabe? Certo que sei. Pódese depender en dous minutos. ¡E deixa de fozar niso! —Estaba tirando da venda do brazo.

—¿Quen che cortou o cabelo? —Xusto notara que lle cortaran o cabelo dun xeito estúpido. Demasiado curto.

—Non che importa. —Ás veces ponse moi borde—. Supoño que cateaches tódalas materias outra vez —dixo en plan borde, e tamén pavera. Ás veces fala coma un condenado profesor, e é só unha nena.

—Non, non é verdade. Aprobei Inglés. —E entón, sen ningunha razón especial, belisqueina no cu, pois estaba co cu ó aire. Aínda que case non ten cu. Non lle dei forte, pero tentou de me bater na man; e non me deu.

—E de súpeto dixo:

—¿Pero por que outra vez? —Queríame dicir por que me botaran outra vez da escola. Púxome triste a maneira de dicilo.

—Por favor, Phoebe. Non me preguntes. Estou farto de que todo o mundo me veña co mesmo. Hai un millóns de razóns. Era unha das peores escolas ás que fun xamais. Estaba chea de parvos. Nunca vin tantos tipos mesquiños xuntos en toda a miña vida. Por exemplo, ás veces quedaban uns cantos a falar no cuarto de un e había outro que quería entrar, pois non o deixaban porque era un pouco parvo ou, se cadra, porque tiña grans. Veña todo o mundo a pecha-las portas con chave cando alguén quería entrar. E tiñan aquela sociedade secreta na que eu me metín por medo, e estaba aquel tío que era un coñazo e tamén con grans, que se chamaba Robert Ackley, que quería entrar, e non o deixaban, só porque tiña grans. Non quero nin falar daquilo. Era unha escola fedorenta. Creme.

Phoebe non dicía nada, pero estaba escoitando. Ben sabía eu, por como poñía a cabeza, que estaba escoitando. Sempre escoita cando se lle conta algo. E o mellor é que, a metade das veces, entende de que lle están a falar. Abofé que entende.

Seguín falando de Pencey. Apetecíame.

—Mesmo o par de profesores bos que había, tamén eran uns cretinos. Como aquel vello, Mr. Spencer. A súa muller servíanos chocolate quente e tal, e eran boa xente. Pero tiñas que velo cando o director, o vello Thurmer, entraba na clase de Historia e sentaba no fondo. Sempre andaba a entrar e a sentar alí, ó final da clase, por media hora ou así, supúñase que de incógnito, e despois interrompía ó Spencer e dicía chistes malos. O Spencer facía coma que se escarallaba de risa, coma se o Thurmer fose un condenado *príncipe*, cago en tal...

—Non xures tanto.

—Faríate vomitar, xúrocho. E logo o Día dos Veteranos. Fan unha festa, o Día dos Veteranos, e tódolos que se graduaron en Pencey dende 1776 volven por alí a botar unha ollada coas mulleres e os fillos. Tiñas que ver a aquel vello, que tiña uns cincuenta anos, que chamou á porta da nosa clase a preguntar se podía usa-lo servicio. O servicio está ó final do pasillo e non sei por que carallo tiña que vir preguntarnos *a nós*. ¿Sábe-lo que dixo? Pois que quería ver se as súas iniciais aínda estaban na porta do váter. Seica gravara as súas estúpidas e tristeiras iniciais nunha das portas do váter había noventa anos, e quería ver se aínda estaban alí. Así que o meu compañeiro de cuarto e mais eu baixamos con el ata o servicio e tivemos que agardar alí, de pé, mentres el procuraba as súas iniciais. Non parou de falar en todo o tempo. Dicíanos que a súa estadía en Pencey foran os mellores días da súa vida, e dábanos consellos para o futuro e todo. ¡Como me deprimiu! Non digo que fose un mal tipo, que non o era, pero non fai falta ser un mal tipo para deprimir á xente, podes ser *bo* e deprimir a tododiós. Abonda, para deprimir á xente, poñerse a dar consellos parvos mentres búsca-lo teu nome na porta dun váter. Iso é o que pasa. Non sei, ó mellor non sería tan malo se non quedase sen alento. O caso é que quedara sen alento só de rubi-las escaleiras, e todo o tempo que estivo a busca-las iniciais respiraba con moito esforzo, e facía moito barullo co nariz, mentres nos dicía a Stradlater e a min que deprendesemos todo o posible alí, en Pencey. ¡Deus, Phoebe! Non cho podo explicar, pero é que non me gustaba nin unha soa cousa do que pasaba en Pencey.

Entón Phoebe dixo algo, mais non a oín ben. Tiña a boca xusto contra a almofada, e non se lle entendía.

—¿Que? Se non apárta-la boca do cabezal non che entendo.

—O que pasa é que a ti non che gusta *nada* do que pasa.

Iso aínda me deprimiu máis.

—Si que hai cousas que me gustan. ¿Por que dis iso?

—Porque é a verdade. Non che gusta ningunha escola. Non che gusta *nada*.

—Hai cousas que me gustan. Estás trabucada. ¿Por que tes que dicir iso? —Aquilo deprimíame coma o demo.

—Pois a ver. Di unha cousa que che guste.

—Moi ben. —O problema era que non me podía concentrar. Ás veces é difícil concentrarse.

—¿Queres dicir unha cousa que me guste moito?

Nin me respostou. Estaba sentada coma unha galiña no outro lado da cama. Estaba polo menos a mil millas de distancia.

—Veña, dime. ¿Unha cousa que me guste moito, moito, ou só que me guste un chisquiño?

—Unha que che guste moito.

—Moi ben. —O problema era que non me podía concentrar. O único que me viña á cabeza eran aquelas dúas monxas que andaban recollendo cartos nos seus cestos de palla medio desfeitos. Especialmente a dos anteollos. E aquel rapaz que estaba en Elkton Hills, que se chamaba James Castle, e que non quixo retira-lo que dixera daquel outro gabacho, Phil Stabile. Dixo que era un gabacho, e un patán. Foillo dicir a Stabile, e entón este, con outros seis fillos de puta, baixaron ó cuarto de Castle, entraron e pecharon a porta, e querían facer que retirase o que dixera. Mais el non o retiraba, así que lle deron unha boa malleira —e non vos vou contar todo o que lle fixeron porque me dá noxo— e el, con todo, non o retiraba. Teriades que coñecelo. Era delgadiño e de aspecto débil, cuns pulsos que máis parecían lapiseiros. Ó final o que fixo, en vez de retira-lo de gabacho, foi botarse pola fiestra. Eu estaba na ducha. Aínda así, sentino caer abaixo. Pensei que era unha radio, ou unha mesa, ou unha fiestra, e non un *rapaz*. Logo oín a todos correr polos pasillos e polas escaleiras, así que puxen a bata e fun eu tamén. Alí estaba o James Castle tirado enriba do chan de pedra. Estaba morto, cos dentes e o sangue todo ciscado ó redor, e ninguén quería achegarse. Levaba posto un xersei que eu lle deixara. E o único que lles fixeron ós outros foi botalo. Nin foron á cadea nin nada.

Iso era todo o que me viña á cabeza. Aquelas dúas monxas que atopara cando o almorzo e o James Castle. O pavero é que practicamente non coñecía de nada ó Castle, se hei dici-la verdade. Era destes rapaces moi caladiños. Ía comigo á clase de Matemáticas, pero sentábase na outra estrema e, ademais, nunca o sacaban ó encerado. Hai tíos ós que nunca sacan ó encerado. Penso que a única vez que falei con el foi cando me pediu o meu xersei. Pilloume tan de sorpresa que case caio de cu. Aínda lembro que eu estaba a lava-los dentes, no servicio, e díxome que pensaba vir un curmán seu e ían i-los dous dar unha volta no coche. Nin imaxinaba que el soubese que eu tiña aquel xersei. O único que sabía del é que estaba na lista diante de min. Cabel, R., Cabel, W., Castle, Caulfield. E se queredes sabe-la verdade, estiven a piques de non deixarllo, pois non o coñecía a penas.

—¿Que? –díxenlle a Phoebe. Dixérame algo, mais non a oíra.

—Non che sae ningunha cousa.

—Si que me sae.

—Pois veña. Di.

—Gústame Allie. E gústame face-lo que estamos a facer agora, sentar aquí, e pensar, e falar de cousas...

—Allie está morto. ¡Sempre di-lo mesmo! E se alguén está morto e *no ceo* e todo iso, entón non...

—¡Xa sei que está morto! ¿Pensas que non o sei? Pero pódeme gustar igual. Non che deixa de gustar alguén só porque estea morto, polo amor de Deus. E máis se era mil veces mellor cá xente que coñeces e que está viva.

Phoebe non dicía nada. Cando non se lle ocorre nada, non di nada.

—De tódolos xeitos, gústame isto agora. Estar aquí sentados, de leria...

—Iso non é *realmente* unha cousa.

—¡É *realmente* unha cousa! ¡Abofé que o é! ¿Por que non?

A xente sempre pensa de todo que non é *realmente* unha cousa. Estou farto.

—Para de xurar. Moi ben, pois di outra cousa. Di unha cousa que che gustaría ser. Científico ou avogado, ou o que sexa.

—Non podería ser científico. Non se me dan as ciencias.

—Entón avogado, coma papá.

—Está ben ser avogado, supoño, mais non é o meu. Quero dicir que me parece ben cando van por aí salvándolle a vida a tíos inocentes e tal, pero non é iso o que fai normalmente un avogado. O único que fan é gañar pasta e xogar ó golf e ó *bridge*, e mercar coches e beber martinis e facerse os importantes. E aínda no caso de que un fose por aí salvando a vida da xente, ¿como ía saber se o facía só porque realmente *quería* salvalos, ou porque o que realmente *quería* era ser un avogado moi listo e que todo o mundo lle dese palmadiñas no lombo e o felicitase no xulgado ó remata-lo condenado xuízo, cos xornalistas e todo, coma no cine negro? ¿Como sabería un que non era un falso? Nunca o sabería. Este era o problema. Non estou seguro de que Phoebe entendese unha palabra do que lle dicía. De feito só é unha nena. Pero polo menos escoitaba. Cando a xente polo menos escoita, aínda menos mal.

—Papá vaite matar. Vaite *matar*.

Mais eu non escoitaba. Estaba a pensar noutra cousa. Unha cousa tola.

—¡Deus! ¿Sábe-lo que me gustaría ser? ¿Quero dicir se de verdade tivese oportunidade?

—¿O que? E para de xurar.

—¿Coñeces aquela canción *Se un corpo pilla a outro corpo saíndo do centeo*? Gustaríame...

—É *Se un corpo* atopa *outro corpo saíndo do centeo*. Un poema de Robert Burns.

—*Xa sei* que é un poema de Robert Burns.

Tiña razón. É *Se un corpo atopa outro corpo saíndo do centeo*. Mais daquela eu non o sabía.

—Pensei que era "pilla". Dá igual, o caso é que eu imaxino a moitos nenos xogando no medio dun gran

184

de campo de centeo. Miles de nenos pequenos e ninguén por alí, ninguén maior, quero dicir, agás eu. Eu estou ó borde dunha barranqueira e o que teño que facer é coller a calquera neno que poida caer por alí abaixo, quero dicir que se están correndo e non miran por onde van eu teño que vir e collelos. E iso é o que faría todo o día. Sería o vixía no centeo. Xa sei que parece unha parvada, mais é a única cousa que de verdade me gustaría ser.

Phoebe non dixo nada durante bastante tempo. E logo, cando abriu a boca, teimou:

—Papá vaite matar.

—Impórtame un carallo. –E erguinme da cama, pois agora quería chamar a aquel tío que me dera Inglés en Elkton Hills, Mr. Antolini. Agora vivía en Nova York. Deixara Elkton Hills e collera un traballo na Universidade de Nova York.

—Teño que facer unha chamada. Volvo axiña. Non durmas.

Non quería que se durmise mentres eu ía na sala. Aínda que xa sabía que non ía durmir, pero díxenllo para estar seguro. E mentres ía cara á porta Phoebe chamoume "¡Holden!", e dei a volta.

Sentárase outra vez, e estaba moi guapa.

—A miña amiga Phyllis Margulies estame ensinando a arroutar. Escoita.

Escoitei, e oín algo, pero non moito.

—Moi ben –dixen, e saín para a sala a chamar ó profesor aquel, o Sr. Antolini.

185

Capítulo 23

FALEI pouco por teléfono, pois tiña medo de que chegasen os meus pais e me pillasen no medio da conversa. Pero non chegaron. O Sr. Antolini estivo moi agradable. Dixo que podía ir por alí de seguida, se quería. Probablemente os espertara, a el e mais á muller, pois tardaron moito en colle-lo teléfono. O primeiro que me preguntou foi se algo ía mal, e díxenlle que non. Pero engadín que me botaran de Pencey, xa que me pareceu mellor, e entón dixo: "¡Bo Deus!" Tiña moito senso do humor.

O Sr. Antolini viña se-lo mellor profesor que eu tivera nunca. Era un tío novo, non moito máis vello có meu irmán D.B. e podías estar de coña con el sen perderlle o respecto. Fora el o que, ó final, recollera ó rapaz que se chimpara pola fiestra, o James Castle. O Sr. Antolini sentiulle o pulso e, logo, quitou o seu gabán e botoullo por riba, e levouno ata a enfermería. Non lle importou que o gabán se puidese encher de sangue.

Cando voltei ó cuarto de D.B., Phoebe acendera a radio. Había música de baile, pero estaba moi baixiña, para que a criada non escoitase. Tiñades que vela, sentada no medio da cama, fóra das mantas, coas pernas cruzadas coma un deses ioguis, así, escoitando a música.

—Veña. ¿Queres bailar? —Eu ensináralle a bailar cando aínda era moi pequena. Baila moi ben. Quero dicir que eu ensineille un pouco. O resto deprendeuno ela. Non se pode ensinar a bailar a ninguén *realmente*.

—Ti te-los zapatos postos.

—Pois quítoos. Veña.

Chimpou fóra da cama e agardou a que eu quitase os zapatos, e bailamos un intre. Baila verdaderamente ben. Non me gusta a xente que baila con nenas, pois case sempre dá unha mala impresión. Quero dicir cando estás nun restaurante ou así e un home maior baila cunha nena e tíralle do vestido e a nena non pode dar un paso, é horrible. Pero eu non o fago en público con Phoebe, só na casa por facer un pouco o parvo. E ademais, con ela é distinto: sabe *bailar*, sabe seguir calquera movemento que fagas, sempre que a agarres ben para que non importe que as túas pernas sexan moito máis longas. Podes botarte para o lado, ou dar pasos horteras, ou o que queiras. Mesmo podes bailar un tango.

Bailamos unhas catro pezas. E no medio delas ponse moi pavera, agardando en posición, sen falar nin nada. Hai que manterse en posición e agardar a que a orquestra empece de novo. Iso faime moita gracia. E non se pode rir nin nada. O caso é que bailamos unhas catro pezas e logo eu apaguei a radio. Phoebe chimpou dentro da cama e meteuse debaixo das mantas.

—Estou mellorando, ¿non?

—E moito. —E sentei ó lado dela outra vez. Estaba case sen alento. Fumaba tanto que tiña pouco fol. Ela coma se nada.

—Ponme a man na fronte —dixo.

—¿Por que?

—Ponma. Só unha vez.

Púxenlla, pero non sentín nada especial.

187

—¿Pensas que teño febre?

—Non. ¿E logo?

—Estouna provocando. Mira outra vez.

Púxenlle a man de novo e tampouco sentín nada, mais dixen:

—Paréceme que agora está subindo. –Non quería que collese un complexo de inferioridade.

Ela asentiu:

—Podo facer subi-lo termómetro todo o que queira.

—O *termómetro*. ¿E quen cho dixo?

—Alice Homberg amosoume como hai que facer. Crúza-las pernas e aguánta-lo alento e pensas nunha cousa moi quente, coma un radiador ou así, e entón a fronte pónseche tan ardente que podes mesmo quei-ma-la man de alguén.

Iso si que me fixo gracia. Apartei a man da fronte, coma se estivese en perigo.

—Gracias por dicirmo.

—Ouh, non queimaría a túa man. Pararía antes de... ¡Xxx!

Sentou na cama, e deume un susto.

—¿Que é?

—A porta de fóra. ¡Son eles! –murmurou bastante alto.

Púxenme de pé e corrín a apaga-la luz, apaguei o cigarro no zapato e metino no peto. E abanei coa man para aparta-lo fume –non debería ter fumado alí, vaia por Deus–. Logo collín os zapatos e metinme no rou-peiro, co corazón baténdome a tope.

Sentín á miña nai entrar no cuarto.

—¿Phoebe? Non disimules, que vin a luz prendida, señorita.

—Ola. É que non podía durmir. ¿Pasástelo ben?

—Moi ben –dixo a miña nai, mais notábase que non era certo. Non o pasa ben saíndo por aí.

188

—¿Como é que estabas esperta? ¿Non terías frío?

—Non era iso. É que non me durmía.

—Phoebe. ¿Estiveches a fumar aquí? Dime a verdade.

—¿O que?

—Xa me oíches ben.

—Acendín un cigarro un segundo. Só lle dei *unha zugadela*, e boteino pola fiestra.

—¿E *por que*, se se pode saber?

—É que non podía durmir.

—Non me gusta iso, Phoebe. Non me gusta nada. ¿Queres outra manta?

—Non, graciñas. Boas noites. –Quería que liscase canto antes.

—¿Como foi a película?

—Excelente. De non ser pola nai de Alice, que andaba todo o tempo a botárseme enriba para preguntarlle se tiña a gripe. Despois collemos un taxi de volta a casa.

—Déixame pórche a man na fronte.

—Non collín nada. Non tiña nada ela tampouco. Era a nai.

—Ben. Agora durme. ¿E que tal a cea?

—Unha merda.

—Xa che dixo o teu pai que non dixeses esas palabras. ¿E que era unha merda? Era unha estupenda costeleta de cordeiro. Fun mercala eu á Avenida Lexington.

—A costeleta estaba ben, pero é que Charlene sempre me bota o alento ó servirme. Bota o alento enriba da comida. Bota o alento a todo.

—Ben. Durme. E dálle un bico á túa nai. ¿Xa rezaches?

—Recei no cuarto de baño. Boas noites.

189

—Boas noites. E agora durme. Dóeme a cabeza.
—Sempre lle doe a cabeza.

—Toma unhas aspirinas. Holden volta o mércores, ¿non?

—Seica si. E agora métete ben debaixo das mantas.

Sentín marchar á miña nai, e pecha-la porta. Agardei dous minutos e, logo, saín do roupeiro, e fun dar contra Phoebe, pois estaba moi escuro e ela viña a abrirme a porta.

—¿Fíxenche dano? —dixen murmurando moi a modiño, non fose que me oísen—. Teño que marchar. —Atopei o bordo da cama na escuridade e sentei nel para poñe-los zapatos. Teño que recoñecer que estaba moi nervioso.

—Non saias *agora*. Agarda a que estean a durmir.

—Non. Agora é o mellor momento. Ela estará no baño e papá seguro que puxo a radio ou algo. Agora é mellor.

Estaba tan nervioso que nin daba atado os zapatos. Non é que me fosen *matar* nin nada se me pillaban na casa, pero ía ser moi desagradable.

—¿Onde estás? —pregunteille á Phoebe, pois naquela escuridade non vía nada.

—Aquí. —Estaba mesmo ó meu lado, e non a vía.

—Teño as maletas na estación. Escoita. ¿Pódesme deixar algúns cartos? Case non me queda nada.

—Só teño os cartos para os regalos do Nadal. Aínda non merquei nada.

—¡Ouh! —Non quería colle-los seus cartos dos regalos.

—¿Queres algo?

—Non quero collerche os cartos dos regalos.

—Pódoche deixar *algo*. —E oína andar abrindo un millón de caixóns e apalpando coas mans. Estaba todo mouro.

—Se te vas, non poderías vir ó teatro. —Noteille a voz rara.

—Poderei. Non vou marchar antes da obra. ¿Pensas que a vou perder? O que vou facer é ficar na casa de Mr. Antolini ata o martes pola noite ou así. E logo virei á casa. Se podo, chámote por teléfono.

—Aquí tes. —Tentaba darme os cartos, mais non atopaba a miña man.

—¿Onde?

Púxome os cartos na man.

—¡Eh! Non necesito tanto. Dáme dous dólares. De verdade. —Tentei devolverllos, mais non os quería.

—Cólleos todos, e xa mos darás. Pódesmos traer ó teatro.

—¿Canto é?

—Oito dólares e oitenta e cinco centavos. *Sesenta* e cinco centavos. Xa gastei algo.

E logo, de súpeto, púxenme a chorar. Non puiden evitalo. Chorei a modiño, para que non me escoitasen, pero chorei. Phoebe asustouse moito e tentou de me parar, mais non houbo maneira. Seguía sentado no bordo da cama, e ela púxome o brazo no pescozo, e eu tamén a abracei, e aínda seguín a chorar moito tempo. Pensei que afogaba. Phoebe estaba moi asustada, e a tremer, pois só tiña posto o pixama e a fiestra estaba aberta. Díxenlle que se metese na cama, pero non quixo. Ó final parei, pero levoume moito tempo. Rematei de abotoa-lo gabán e díxenlle que xa a chamaría. Ela dixo que se quería podía durmir con ela, pero eu preferín marchar, pois Mr. Antolini estábame agardando. Entón collín a pucha de caza do peto e deilla. Encántanlle esas puchas. Non a quería coller, mais obrigueina. Aposto a que durmiu con ela posta. Repetinlle que xa a chamaría axiña que tivese oportunidade, e saín.

Por algunha razón, foi moito máis fácil saír da casa que entrar. Ó mellor era porque xa non me importaba se me collían. Imaxinei que se me collían, pois collíanme. Case prefería que así fose.

Baixei a pé, en vez de colle-lo ascensor, polas escaleiras de servicio, e case rompo o pescozo contra o millón de caldeiros de lixo que por alí había. O tío do ascensor nin me viu. Seguro que pensa que *aínda* estou na dos Dickstein.

Capítulo 24

O señor e a señora Antolini tiñan un piso moi fino en Sutton Place no que había que baixar dous banzos para chegar ó salón, e tiña bar e todo. Eu xa estivera alí noutras ocasións, pois cando me fun de Elkton Hills o señor Antolini viña pola nosa casa moitas veces a cear e a ver como me ían as cousas. Daquela aínda non casara. Logo, cando casou, iamos eu e mais eles dous a xogar ó tenis ó West Side Club en Forest Hills, Long Island. A señora Antolini era de alí, e estaba podre de cartos. Tiña polo menos sesenta anos máis ca el, aínda que seica se levaban moi ben. E é que eran os dous moi intelectuais, especialmente el, aínda que cando estabamos xuntos parecíame máis listiño ca intelectual, coma D.B. Ela era máis seria, e tiña asma. Os dous lían as obras de D.B. e, cando foi para Hollywood, chamárono e dixéronlle que non fose. Mais foi igual, aínda que segundo o Sr. Antolini un tío que escribía coma D.B. non pintaba nada no cine. Iso é o que dicía eu tamén.

Pensei ir a pé ata a casa, pois non quería gastar dos cartos de Phoebe, pero sentinme raro ó saír, e collín un taxi. Non quería, pero collino. E custoume atopar un.

O Sr. Antolini abriu a porta cando chamei, despois de que o fillo de puta do ascensorista me deixase subir, ó fin. Levaba bata e chinelas, e unha copa na man. Era un tío moi sofisticado, e moi bebedor.

—Holden, rapaz. Meu Deus, xa medraches vinte pulgadas máis. Encantado de verte.

—¿Como andamos, señor Antolini? ¿Que tal a señora Antolini?

—Moi ben. Dáme ese gabán. —Colleumo da man e pendurouno.

—Pensei que aparecerías cun bebé un día nos brazos, sen ter a onde ir, e coas pestanas cheas de neve.

Ás veces faise o listo. Deu a volta e berrou cara á cociña:

—¡Lillian! ¿Vén ese café ou que? —Lillian é o nome da muller.

—Xa vai. ¿É Holden? ¡Ola, Holden!

—¡Hola, señora Antolini!

Sempre había que andar a berrar naquela casa. E era que nunca estaban os dous no mesmo cuarto. Tiña gracia.

—Senta, Holden. —Notábaselle que bebera. Seica tiveran unha festa naquela sala, pois estaba todo cheo de vasos e pratos con manises.

—Escusa como está iso. Estiveron aquí uns amigos da miña muller, de Buffalo... Uns búfalos, se che hei dici-la verdade.

Rin, e ela berrou algo dende a cociña, que non entendín.

—¿Que dixo? —prengunteille a el.

—Dixo que non olles para ela cando veña, pois saíu agora da cama. ¿Queres un cigarro?

—Gracias. —E collín dunha caixa que me ofreceu—. Fumo de vez en cando. Son un fumador moderado.

—Aposto que si —e deume lume cun chisqueiro que había enriba da mesa.

—Entón, ti e mais Pencey xa non sodes un. —Sempre dicía cousas así. Ás veces facíame gracia. Outras non. Penso que falaba así *demasiadas* veces. Non quero dicir que non fose listo, pero un tamén farta de oír cousas coma "Ti e mais Pencey xa non sodes un". D.B. tamén fai o mesmo.

—¿Que pasou? ¿E que nota levaches en Inglés? Se me dis que cateáche-lo Inglés, un as da redacción coma ti, xa podes liscar por esa porta agora mesmo.

—O Inglés aprobeino, aínda que era case todo literatura. Só escribín dúas redaccións en todo o curso. O que cateei foi a Expresión Oral, un curso que tivemos que facer. *Iso* cateeino.

—¿E por que?

—Non sei. —Non quería meterme naquilo. Estaba un pouco atordoado, e doíame a cabeza. Pero víase que lle interesaba moito, así que, conteille.

—É un curso no que cada rapaz ten que poñerse de pé no medio da clase e botar unha prédica. Xa sabe, espontáneo e tal. Se o rapaz marcha un pouco do tema, entón todos berran "Digresión". Iso poñíame tolo, e cateáronme.

—¿Por que?

—Non sei. Fartei de todo iso da digresión. O caso é que a min o que me gusta é marchar fóra do tema. É máis interesante.

—¿E non prefires que cando alguén che está a contar algo se centre no asunto que trata?

—Si. Gústame que se ateñan ó que me están a contar, pero non que se ateñan *demasiado*. Non sei. Non me gusta que se ateñan ó asunto *todo* o tempo. Os que levaban as mellores notas eran os que sempre se atiñan exactamente ó que contaban. Estaba aquel Richard Kinshella, que non se atiña moito, e sempre lle berraban

"Digresión", e era terrible, porque era un rapaz moi nervioso e tremíanlle os beizos cando tiña que falar, e case non o sentías dende o fondo da clase. Sen embargo, cando se poñía un pouco máis tranquilo gustábanme as súas exposicións máis cás de ninguén. Pero case catea tamén, porque todos lle andaban a berrar "Digresión". Unha vez falou dunha granxa que mercou en Vermont o seu pai, e todos veña a berrar seguido "¡Digresión!", e o profesor, Mr. Vinson, suspendeuno porque non dixera qué animais e vexetais había na granxa. O que fixo o Richard Kinshella foi comezar a contar todo iso, pero logo seguiu cunha carta que lle mandara á nai un tío seu, e como ese tío tivera a polio ós corenta e dous anos e non quería que ninguén viñese ó hospital para que non o visen alí tolleito... É certo que non tiña moito que ver coa granxa, pero era bonito. É bonito que alguén che conte a historia do seu tío, especialmente se che empezan a conta-lo da granxa do pai e, de súpeto, interésalle máis o tío. E paréceme mal que lle berren "Digresión" cando está todo animado contando o asunto. Non sei. É difícil de explicar.

A verdade é que tampouco tiña moitas ganas, coa dor de cabeza que traía. Xa estaba desexando que chegase dunha vez a señora Antolini co café. É unha cousa que me pon tolo, que alguén *diga* que o café xa está cando non está.

—Holden... Unha pequena pregunta pedagóxica. ¿Non pensas que hai un tempo e un lugar para cada cousa? ¿Non pensas que se alguén che empeza a conta-lo da granxa do pai debería aterse a iso, e *logo* contarche o do seu tío? *Ou*, se o do seu tío é tan interesante, ¿por que non o colleu como tema, en vez da granxa?

Non me apetecía moito pensar e respostar. Doíame a cabeza e sentíame mal. Mesmo me daba voltas o estómago.

—Non sei. Supoño que si, que debería colle-lo tío coma tema, en vez da granxa, se iso era o que máis lle interesaba. Pero o que eu digo é que moitas veces non sabes qué é o que máis che interesa ata que empezas a falar de algo que non é o que máis che interesa. Ás veces non se pode evitar. O que penso é que se alguén se interesa moito por algo e se emociona, hai que deixalo falar. Gústame que alguén se emocione por algo. É bonito. Vostede non coñece a ese profesor, Mr. Vinson. Entre el e a condenada clase poden volver tolo a calquera. Sempre a dicir que hai que unificar e simplificar todo. Hai cousas ás que non se lles pode facer iso, e menos só porque alguén o diga. Vostede non coñece a Mr. Vinson. Non digo que non sexa intelixente, pero moita cabeza non ten.

—Aquí está o café, cabaleiros. —A señora Antolini entrou cunha bandexa con café, pasteis e demais.

—Holden. Non olles para min. Estou feita un entroido.

—Ola, señora Antolini. —Íame erguer e todo, pero o señor Antolini colleume da chaqueta e fíxome ficar sentado. A señora Antolini tiña o cabelo cheo de rulos, e non levaba os beizos pintados nin nada. A verdade é que non estaba moi guapa. Estaba máis ben vella.

—Déixoo todo aquí, e servídevos. —Puxo a bandexa na mesa, empurrando tódolos vasos. —¿E como está a túa nai, Holden?

—Está ben, gracias. Non a vin ultimamente, pero...

—Querido, se Holden necesita algo, está todo no roupeiro, no estante de enriba. Eu vou durmir, que estou moi cansa. —Abofé que o parecía—. Xa vós sabedes face-la cama no sofá, ¿non?

197

—Amañarémonos. Ti vai para a cama –díxolle o señor Antolini, e deulle un bico; ela díxome adeus a min e foise para o cuarto. Sempre andaban a bicarse diante da xente.

Tomei un pouco de café e a metade dun pastel duro coma unha pedra. Pero o señor Antolini só tomou outra copa, e moi forte. Penso que como non teña coidado, vai rematar alcohólico.

—Xantei co teu pai hai un par de semanas. ¿Sabíalo? –dixo de súpeto.

—Non.

—Supoño que xa te dás conta de que está moi aquelado por ti.

—Seino, seino.

—Xusto antes de marcharme, seica recibira unha longa carta do teu derradeiro director, dicíndolle que non facías nin o máis mínimo esforzo, que chegabas tarde ou non ías ás clases, que non estudiabas nada...

—Ía ás clases. Non se podía fallar. Houbo un par delas ás que non fun, diso de expresión oral, mais non faltaba...

Non me apetecía falar daquilo. O café fixérame sentir un pouco mellor do estómago, pero aínda me doía a cabeza.

Acendeu outro cigarro. Fumaba coma un carreteiro. E logo dixo:

—Teño a impresión de que estás a piques de caer nun buraco fondo, aínda que non sei exactamente de que xeito... ¿Escoitas?

—Escoito.

Víase que el tentaba concentrarse.

—Poida que cando teñas trinta anos acabes nos bares berrando con calquera que entre e teña pinta de ter xogado ó fútbol na facultade; poida que daquela teñas bastante cultura e non poidas ver diante ós que non saben falar tan ben coma ti. Ou poida que, ó mellor, remates traballando nunha oficina e tirándolle clips á secretaria. Non o sei, pero ¿entendes do que che estou a falar?

—Entendo, entendo —e abofé que entendía. Mais non lle teño xenreira á xente, nin ós que xogan ó fútbol nin nada. Ás veces podo coller unha pouca xenreira contra alguén por un momento, coma a aquel que estaba en Pencey, Stradlater, ou aquel outro, Robert Ackley, pero non me dura moito. Iso é o que quero dicir. Despois dun pouco, se non os vía nin viñan ó meu cuarto nin nada, e se non os encontraba no comedor un par de veces, mesmo os botaba de menos.

O señor Antolini non dixo nada durante un anaco. Ergueuse, colleu un cubo de xeo, botouno no vaso e sentou de novo. Notábase que estaba pensando, aínda que eu prefería segui-la conversa pola mañá e non agora; pero estaba animado. A xente sempre está animada a seguir unha conversa cando un non quere.

—Moi ben. Escoita un minuto... Pode ser que non me saia tan ben como eu quixera, mais xa che escribirei unha carta dentro dun par de días. Entón entenderalo mellor. Pero escoita.

Comezou a concentrarse de novo, e dixo:

—Penso que estás a piques de caer dun xeito especial, e arrepiante. Ós que caen non se lles deixa nunca chegar ó fondo. Caen e caen sen parar. É o que lles pasa a homes que nalgún intre da súa vida buscaron algo que non podían atopar no seu arredor. Ou que pensaron que non o podían atopar. Así que deixaron de buscar. Deixárono mesmo antes de empezar. ¿Entendes?

—Entendo.

—¿Seguro?

—Seguro.

Ergueuse e botou máis no vaso. Logo sentou de novo e, por un intre, non dixo nada.

—Non quero meterche medo, pero imaxínate morrendo nobremente, dun xeito ou doutro, por algunha causa altamente indigna. –Botoume unha ollada rara–. Se escribo unha cousa para ti, ¿lerala con coidado, e gardarala?

—Pois claro que si. –E gardeina. Aínda teño o papel.

Foi ata a mesa na outra punta da sala e, de pé, escribiu algo nun anaco de papel.

—Aínda que pareza raro, isto non foi escrito por un poeta, senón por un psicanalista chamado Wilhelm Stekel. Isto é o que... ¿Atendes?

—Atendo, si.

—Iso é o que dixo: O que caracteriza a un home inmaduro é que quere morrer nobremente por unha causa, mentres que o maduro quere vivir humildemente por ela.

Pasoume o papel e lino en canto mo deu, e deille as gracias, e metino no peto. Foi moi agradable da súa parte molestarse tanto. A verdade é que si. Pero a cousa é que a min non me apetecía concentrarme. Tío, é que estaba tan canso *así*, de súpeto.

Mais el víase que non estaba nada canso. O que estaba era peneco.

—Penso que un día destes vas ter que descubrir onde queres ir. E daquela terás que empezar a dirixirte alí. De seguido, sen perder un minuto.

Asentín coa cabeza, pois ollábame directamente ós ollos, pero non sabía de que me estaba a falar. *Sabía* do que me falaba, mais non estaba seguro, de tan canso que me sentía.

—E non me gusta dicircho, mais penso que en canto teñas unha idea do que queres, a túa primeira acción vai ter que ser aplicarte na escola. Es estudiante, gústeche ou non. Áma-lo coñecemento. E penso que atoparás, cando pases polos señores Vineses e as Expresións...

—O señor Vinson —dixen, pois el quería dicir señor Vinson, e non señor Vineses. Aínda que non debera interrompelo.

—Moi ben, os señores Vinsons. Cando remates cos señores Vinsons vas empezar a achegarte máis e máis, se de verdade *queres* e buscas, e sabes agardar, ó xeito de información que che será máis querida no teu corazón. Entre outras cousas descubrirás que non e-lo primeiro confundido ou asustado ou estoxado polo comportamento dos homes. Non e-lo único ó que tal lle ten pasado, e *estimularate* sabelo. Moitos, moitos homes estiveron tan confundidos moral e espiritualmente coma ti estás agora e, por fortuna, algúns deles gardaron recordo dos seus problemas, e podes deprender deles, se queres. Igual que máis adiante, se tes algo que ofrecer, outros poderán deprender de ti. É un bo arranxo recíproco. E non é educación, senón historia, e poesía.

Parou e botou unha boa fecha, e logo comezou de novo. Tío, pois si que estaba animado. Alegreime de non interrompelo agora.

—Non che digo que só os homes de moita cultura poidan facer unha contribución ó mundo. Non é iso. Mais si che digo que os homes de cultura, sobre todo se son brillantes e creativos, o que non é moi doado, por desgracia, acostuman deixar recordos infinitamente máis valiosos cós dos homes que só son brillantes e creativos. Exprésanse máis claramente; as máis das veces teñen o pulo de seguir cos seus pensamentos ata o final, e o máis importante: nove de cada dez amosan máis humildade cós pensadores de menos cultura. ¿Séguesme?

—Sigo, sigo.

Despois non dixo máis durante un bo intre. Non sei se vos ten pasado, pero non é fácil estar sentado agardando que alguén diga algo mentres está a pensar e tal. Eu non quería bocexar. Non é que me aburrise nin nada, pero é que, de súpeto, tiña tanto sono...

—E outra cousa que unha educación académica fará por ti, se continúas con ela tempo suficiente, é que che dará unha idea clara de cal é a dimensión da túa propia mente. O que lle senta ben e o que non. Despois dun tempo saberás cales son os pensamentos que lle conveñen á túa mente. Así aforrarás moito tempo probando ideas que non che van. Coñecera-las túas verdadeiras medidas, e vestira-la túa mente axeitadamente.

E entón bocexei. ¡Que maleducado fillo de puta!, pero non o puiden evitar.

O señor Antolini riu.

—Veña. Hai que arranxar ese sofá-cama.

Seguino, foi ó roupeiro e tentou de colle-las sabas e mailas mantas do estante de enriba, mais non podía, co vaso na man. Así que, bebeuno, pousouno no chan e entón colleu as cousas. Axudei a traelas ata o sofá e fixémo-la cama entre os dous, aínda que el non poñía moito interese. Non metía ben a manta por debaixo nin nada. A min non me importaba moito. Co canso que estaba podía ata durmir de pé.

—¿E como van esas mulleres?

—Van ben. –Non falaba moito. Non me apetecía nada.

—¿E Sally? –Coñecía á Sally Hayes, pois presentáralla unha vez.

202

—Está ben. Estiven con ela este serán. —Parecía que fora había vinte anos—. Xa non temos moito en común.

—Moi guapa rapaza. ¿E aqueloutra da que me falaras, en Maine?

—Ouh, Jane Gallagher. Está ben. Seguramente a chamarei mañá.

Xa remataramos de face-la cama.

—Aí tes. Aínda que non sei onde vas meter esas pernas.

—Non hai problema. Xa estou afeito ás camas curtas. Moitas gracias. De verdade que vostede e mais a señora Antolini salváronme a vida esta noite.

—Xa sabes onde está o baño. Se queres algo, berra. Aínda vou estar na cociña un pouco. ¿Non te xiringará a luz?

—Non, non. Moitas gracias.

—Moi ben. Boas noites, guapo.

—Boas noites, e moitas gracias.

Foi para a cociña e eu fun ó baño e espinme. Non lavei os dentes porque non tiña cepillo. Tampouco tiña pixama. O señor Antolini esquecera darme un, así que voltei á sala, apaguei a lámpada pequena do lado do sofá e metinme na cama só cos calzoncillos postos. Si que era moi pequecho para min o sofá, mais daquela mesmo podía durmir de pé sen mover un ollo. Fiquei esperto un par de segundos a pensar no que me dixera o señor Antolini de atopa-la dimensión da miña mente. Era un tío moi intelixente, pero non puiden mante-los ollos abertos, e quedeime axiña.

E logo sucedeu unha cousa da que non querería nin falar. Espertei de súpeto. Non sei nin qué hora era nin nada, pero acordei. Sentín algo na cabeza, a man dun tío, e de verdade que tiven medo. Era a man do señor Antolini. Estaba sentado no chan xusto ó lado do sofá, na escuridade, e aloumiñábame a cabeza. Tío, dei un chimpo de mil pés.

—¿Que carallo fai?

—¡Nada! Só estaba sentado, aquí, admirando...

—¿Pero que fai? —Non sabía que dicir, da vergoña que me daba.

—¿E que tal se báixa-la voz un pouco? Só estou sentado, aquí.

—Teño que marchar —¡Que nervioso estaba! Empecei a pó-los pantalóns ás escuras, mais nin os daba posto, dos nervios que tiña. Coñezo máis pervertidos dos que podedes imaxinar, en tantas escolas, e sempre veñen *a por min*.

—Tes que ir, *¿a onde?* —Facía coma que estaba moi tranquilo, pero non o estaba. Ben me podedes crer.

—Deixei as maletas na estación e penso que é mellor que vaia por elas. Teño alí tódalas miñas cousas.

—Estarán alí pola mañá. Agora volta para a cama. Eu tamén me vou deitar. ¿Que che pasa?

—Non pasa nada, pero é que teño alí tódalas cousas, e mailos cartos. Voltarei axiña. Collerei un taxi e volvo de seguida. —Non me daba posto de pé, caía—. O caso é que os cartos non son meus, son da miña nai e...

—Non sexas ridículo, Holden. Métete na cama. Eu tamén me vou deitar. Os cartos seguirán alí pola mañá.

—Non, de verdade. Teño que marchar. —Xa case estaba vestido, pero non daba coa gravata. Non lembraba onde a puxera, así que puxen a chaqueta sen gravata. Agora o señor Antolini estaba sentado na cadeira grande, lonxe de min, ollando. Estaba escuro e non o vía ben, mais sabía que estaba ollando para min. E seguía a beber, co vaso na man.

—Es un rapaz moi estraño.

—Xa o sei. –Nin busquei a gravata, lisquei así–. Adeus, e gracias por todo.

Veu comigo deica a porta e, cando chamei o ascensor, ficou alí, na entrada. Seguía a repetir aquilo de que se eu era un "rapaz moi, moi estraño". Estraño o carallo. E seguiu agardando ata que chegou o ascensor. Xúrovos que nunca na miña vida agardei tanto por un ascensor.

Non sabía que carallo dicir mentres estaba alí, a agardar, e el de pé, así que anunciei:

—De verdade que hei de empezar a ler algúns bos libros. –Había que dicir *algo*. Era unha situación ben noxenta.

—Colle as maletas e volve. Vou deixa-la porta arrimada.

—Moitas gracias. ¡Adeus!

Por fin estaba alí o ascensor. Entrei e baixei. Tremía, con todo o corpo a suar. Sempre que me pasa unha cousa pervertida coma esta, póñome a suar coma un fillo de puta. Xa me levan pasado algunhas, unhas vinte, desque era neno. Non o podo aturar.

Capítulo 25

CANDO saín á rúa estaba clarexando. Ía frío, mais sentábame ben, pois suaba moito.

Non sabía onde carallo ir. Non quería meterme noutro hotel e gasta-lo resto dos cartos de Phoebe, así que ó final decidín camiñar ata Lexington e colle-lo metro ata Grand Central. Tiña alí as maletas e pensei que aínda podería durmir algo nalgún dos bancos. E foi o que fixen. Ó primeiro non estivo mal a cousa. Había pouca xente e podía poñe-los pés enriba do banco. Pero non me apetece moito falar diso. Non foi moi agradable. Non volo recomendo. Ídesvos deprimir.

Só durmín ata as nove. Entón un millón de xente empezou a enche-la sala de espera e tiven que baixa-los pés. Así que fiquei sentado, e aínda me doía a cabeza. Sentíame peor, e penso que foi a vez na que estiven máis deprimido de toda a miña vida.

Non quería, pero empecei a pensar no señor Antolini e no que lle diría á muller cando vise que non ficara a durmir alí. Aínda que iso non me aquelaba moito. Ben sabía que Mr. Antolini era listo e xa lle diría calquera cousa. Podíalle dicir que ó final me fora a casa ou algo así. O que *si* me amolaba era como espertara e o atopara acariñándome a cabeza. Quero dicir que non sabía de certo se estaba a face-lo maricón comigo ou se, ó mellor, era só que lle gustaba acariñar ós tíos na cabeza cando durmían. Cómo pode sabelo un de certo. Non pode. Mesmo pensei se non sería mellor colle--las maletas e voltar para a súa casa, tal como lle dixera. Quero dicir que empecei a pensar que aínda que fose un maricón habíase de portar ben comigo. Ó fin non lle importou que o chamase tan tarde, e dixérame que fose para alí se quería. E molestárase en darme todos aqueles consellos de atopa-la dimensión da mente e tal. El fora o único que se achegara a aquel rapaz, James Castle, cando se chimpou pola fiestra. Pensei en todo isto e canto máis pensaba máis deprimido me puña. Quero dicir que empecei a pensar que ó mellor *debía* voltar á súa casa, que se cadra estaba só a acariñarme a cabeza porque si. Pero canto máis pensaba máis deprimido e confundido estaba. O peor era que me doían os ollos. Tíñaos irritados de non durmir. E aínda por riba, estaba a coller unha mormeira, e nin sequera tiña un moqueiro. Tiña algúns na maleta, pero non me apetecía sacala da consigna e abrila alí diante de todo o público. Alguén deixara unha revista no banco do lado; púxenme a lela, a ver se así deixaba de pensar no señor Antolini e nun millón de cousas por un intre. Pero o artigo que me puxen a ler aínda me fixo sentir peor. Era de hormonas, e dicía a pinta que un debía ter se as súas hormonas ían ben, a cara, os ollos e todo. Eu non tiña aquela pinta. Máis ben tiña a do outro tío, o das hormonas piollentas. Así que empecei a preocuparme polas miñas hormonas. E logo lin outro artigo de cómo se podía saber se un tiña cancro ou non. Dicía que se tiñas algunha ferida na boca que non curaba ben, xa case podías estar certo de que tiñas cancro. Eu levaba dúas semanas cunha ferida dentro do beizo. Así que pensei que tamén debía ter cancro. A revista animaba a calquera. Ó final tireina e saín a dar unha volta. Figureime que nun par de meses xa estaría morto. Tiña cancro. Estaba seguro diso, e non me facía sentirme mellor.

Parecía que ía chover, pero saín igual, pois pensei que debía almorzar. Non tiña fame ningunha, pero pensei que debía comer algo, polo menos algo que tivese unhas vitaminas. Así que fun camiñando cara ó leste, que é onde están os bares baratos, xa que non quería gastar moitos cartos.

Mentres camiñaba pasei por onda dous tíos que estaban a descargar unha árbore de Nadal dunha camioneta. Un deles dicía ó outro:

—Coidado que cae, a filla de puta. ¡Terme ben dela!

Pareceume un bo xeito de falar dunha árbore de Nadal. Mesmo resultaba pavero, dalgún xeito, e fíxome rir. Foi a *peor* cousa que puiden facer. En canto empecei a rir pensei que ía vomitar. De verdade, ata xa empezara un pouquiño, pero pasoume. Non sei por qué foi, non comera nada malo e normalmente teño un estómago forte. Pero pasoume, e imaxinei que me atoparía moito mellor en canto comese algo. Así que entrei nun bar barato e pedín café e donus. Só que non comín os donus, porque non fun capaz de tragalos. Cando un está moi deprimido é difícil tragar. O camareiro foi moi amable, levounos de volta e non mos cobrou. Bebín o café, saín e camiñei ata a Quinta Avenida.

Era luns e preto do Nadal. Tódalas tendas estaban abertas, así que non estaba mal pasear pola Quinta Avenida. Había moito ambiente, con todos eses Santa Claus cheos de merda tocando campás nas esquinas e as tías do Exército de Salvación, esas que non se pintan os beizos nin nada, tamén a toca-las campás. Mirei se atopaba ás dúas monxas que coñecera o día anterior, mais non as vin. Xa sabía que non as había de atopar; ben me dixeran que viñeran a Nova York de profesoras e non a pedir, pero eu seguín a buscalas. O caso é que había moito ambiente de Nadal, así, de súpeto. Había un millón de nenos pequenos coas nais baixando e rubindo nos buses, e entrando e saíndo das tendas. Gustaríame que Phoebe andase por alí. Xa non é tan pequena coma para toler no departamento de xoguetes, pero aínda lle gusta face-lo parvo e mirar para a xente. O Nadal anterior leveina comigo de tendas ó centro. E pasámolo moi ben, penso que foi en Bloomingdale's. Fomos ó departamento de calzado e fixemos coma que ela –a Phoebe– quería un par de botas desas que o cordón ten un millón de buracos, e fixemos toler ó pobre do vendedor. Phoebe probou uns vinte pares e de cada vez o pobre do tío tiña que mete-lo fío por tódolos buracos. Era unha putada, mais a Phoebe escarallábase de risa e, ó final, mercamos un par de mocasíns e cargámolos á conta. Con todo, o home foi ben amable. Estou seguro de que sabía que estabamos a face-lo parvo, a Phoebe sempre con aquela risiña.

O caso é que seguín a camiñar pola Quinta Avenida, sen gravata nin nada, e pasoume algo tremendo. Cada vez que chegaba ó final dun bloque e tiña que baixar da beirarrúa dábame a impresión de que xa nunca ía chegar ó outro lado, que ía empezar a baixar e baixar e ninguén me ía ver nunca máis. Non podedes imaxina-lo medo que me entrou. Suaba coma un fillo de puta, a camisa, a roupa interior, todo. Daquela empecei a facer outra cousa. Cada vez que chegaba á beira da rúa facía coma que lle falaba ó meu irmán

Allie. Dicíalle: "Allie, non me deixes desaparecer, non me deixes desaparecer, por favor, Allie". E logo, cando chegaba ó outro lado sen desaparecer, dáballe as gracias. E cando chegaba á outra rúa, outra vez o mesmo. Seguín así. Tiña medo de me deter. Non parei ata chegar á rúa sesenta e non sei cantos, despois do zoo. Por fin, sentei nun banco polo menos unha hora, suando coma un cabrón e case que sen poder respirar. Daquela decidín marchar, non voltar xa á casa, nin a outra escola, endexamais. Quedaría con Phoebe para dicirlle adeus e devolverlle os cartos e logo faría auto-stop cara ó oeste. Iría ó Holland Tunnel e alguén colleríame, e logo outro, e outro, e nuns poucos días estaría no oeste, nun sitio bonito e con moito sol onde ninguén me coñecese, e collería un traballo, por exemplo nunha gasolineira, botando gasofa e aceite nos coches da xente. Aínda que tampouco me importaba a clase de traballo que fose, con tal de que ninguén me coñecese e eu non coñecese a ninguén. Pensei que podería facer coma que era xordo e mudo, e así non tería que ter estúpidas conversas con ninguén. Se alguén quería dicirme algo tería que escribilo nun papel e darmo. Despois dun tempo aburriríanse do asunto e eu libraríame de ter que falar coa xente para sempre. Todos pensarían que era un pobre fillo de puta xordo e mudo, e deixaríanme tranquilo. Botaríalles gasofa nos seus estúpidos coches e pagaríanme por iso, e eu faría unha cabana nalgún lugar cos cartos que me desen e viviría alí o resto da miña vida. Faríaa ó lado do bosque, pero non *no* bosque, pois quería que me dese o sol todo o tempo. E cociñaría eu mesmo; e máis adiante, se quería casar ou así, coñecería a unha xeitosa rapaza que tamén sería xorda e muda, e casariamos. E entón ela viría vivir comigo na cabana, e se quería dicirme algunha cousa, tamén tería que escribila nun condenado papel, coma todo o mundo. E se tiñamos nenos, esconderiámolos nalgures, e mercariámoslles libros e nós mesmos ensinariámoslles a ler e escribir.

Animeime moito pensando en todo iso. Sabía que o de facer como que era xordo e mudo era demasiado tolo, mais gustábame imaxinalo de tódolos xeitos. Decidín, pois, ir ó oeste, aínda que primeiro quería dicir adeus a Phoebe. Así que, de súpeto, crucei a rúa a correr —case me mato, se queredes sabe-la verdade— e entrei nunha tenda a mercar papel e bolígrafo. Escribiríalle unha nota dicíndolle onde podía atoparme para despedirnos e devolverlle os seus cartos de Nadal, e logo levaríalle a nota á escola e deixaríalla ó conserxe ou a alguén para que lla dese. Pero o único que fixen foi mete-lo papel e mailo bolígrafo no peto e saír camiñando para a escola o máis rápido que puiden. Estaba demasiado excitado para poñerme a escribir alí, na tenda. Camiñei moi rápido. Quería que lle desen a nota antes de que fose á casa a xantar, e non tiña moito tempo.

Sabía onde estaba a súa escola, por suposto, pois eu tamén fora alí de neno. Cando cheguei sentinme raro. Non estaba seguro de lembrar moi ben como era por dentro, mais lembraba. Estaba exactamente igual que cando eu ía alí, con aquel patio tan grande que sempre estaba escuro, cunhas gaiolas ó redor das luces para protexelas dos balonazos, e aqueles círculos brancos no chan para os xogos, e os cousos de baloncesto sen redes, só os taboleiros e os aros.

Non andaba nnguén por alí, probablemente porque non era tempo de recreo, e tampouco a hora de xantar. O único que vin foi un neno pequeno, un negro, que ía ó servicio. Do peto de atrás saíalle un pase de madeira, coma os que tamén tiñamos nós, que indicaba que o rapaz tiña permiso para ir ó retrete.

Aínda suaba, pero xa non tanto. Fun ata as escaleiras, sentei na primeira e saquei o papel e mailo bolígrafo que mercara. As escaleiras cheiraban coma cando eu estaba alí, coma se mexasen nelas. As escaleiras das escolas sempre cheiran así. Pero o caso é que sentei e escribín esta nota:

Querida Phoebe:
Xa non podo agardar ata o mércores, así que probablemente sairei en auto-stop esta tarde. Procúrame no Museo de Arte, preto da porta, ás doce e cuarto se podes, e devolvereiche os cartos de Nadal. Non gastei moito. Un bico.

Holden.

A escola quedaba mesmo ó lado do museo e por forza tiña que pasar por alí para ir xantar á casa, así que sabía que non tería problema.

Logo fun á oficina do conserxe a deixarlle a nota a ver se alguén lla podía levar á clase. Dobreina polo menos dez veces, para que ninguén a abrise. Non se pode fiar un de ninguén nunha escola. Pero sabía que lla darían, porque era o seu irmán.

Sen embargo, cando ía polas escaleiras pensei que vomitaba outra vez, aínda que ó final sentei, e non pasou nada. Pero mentres estaba sentado vin unha cousa que me fixo tolear. Alguén escribira na parede "F...". Toleei ó pensar que Phoebe e os outros nenos verían aquilo e preguntarían qué significaba. Daquela, algún listiño diríallelo —esaxerándollelo todo, por suposto— e eles *pensarían* niso durante días e, ó mellor, ata *se aquelarían*. Mataría a quen escribiu aquilo.

Imaxinei que sería algún pervertido deses que entran na escola pola noite a mexar e a escribir estas cousas. Víame a min mesmo colléndoo e desfacéndolle a testa contra as escaleiras de pedra ata que o deixaba morto e cheo de sangue. Pero tamén sabía que non tiña collóns de facelo. E iso aínda me deprimiu máis. Case nin me atrevín a borralo coa man, se vos hei dici-la verdade. Tiña medo de que algún profesor me collese borrándoo e pensase que o escribira *eu*. Con todo, ó final, borreino e achegueime á oficina do conserxe.

Había unha vella que tería uns cen anos, escribindo a máquina. Díxenlle que era irmán de Phoebe Caulfield, de 4 B-1, e que se lle podía da-la nota. Tamén lle dixen que era moi importante porque a miña nai estaba mala e non lle podía face-lo xantar a Phoebe, e tiña que vir comigo a unha cafetería. Foi moi amable, a vella. Colleu a nota e chamou a outra da oficina do lado, e estoutra foilla levar a Phoebe. Logo, a vella que tería uns cen anos e mais eu puxémonos de leria un pouco. Era moi falangueira e conteille que eu tamén fora a aquela escola, e os meus irmáns. Preguntoume a ónde ía agora, e díxenlle que a Pencey, e entón comentou que Pencey era unha escola moi boa. Aínda que quixese, non tiña forzas para dicirlle que non. Ademais, se ela pensaba que Pencey era unha boa escola, que o pensase. É odioso andar a dicir cousas novas á xente que ten polo menos cen anos. Non lles gusta. E de alí a un pouco, marchei. Foi pavero, que me dixo "Boa sorte", igual có vello Spencer en Pencey. Que pouco me gusta que me berren "Boa sorte" cando me vou dun sitio. É deprimente.

Baixei por outras escaleiras, e vin outro "F..." na parede. Tentei borralo coa man de novo, mais este estaba gravado cunha navalla e non saía. De tódolos xeitos tanto ten. Aínda que un tivese un millón de anos para facelo, non daría borrado nin a *metade* dos "F..." que hai escritos polo mundo. É imposible.

Mirei o reloxo no patio do recreo e eran as doce menos vinte, así que aínda tiña moito tempo antes de atoparme con Phoebe. Pero fun ata o museo igual, pois non había outro sitio a onde ir. Pensei en parar nunha cabina e chamar á Jane Gallagher antes de saír para o oeste, mais non me animei. Nin estaba seguro de que estivese na casa. Así que fun ata o museo e fiquei alí.

Mentres agardaba por Phoebe dentro das portas do museo, viñeron dous nenos e preguntáronme se sabía ónde estaban as momias. O máis pequeno, o que me preguntou, levaba a pretina do pantalón aberta. Díxenllo, e abotoouna alí mesmo tal como estaba, mentres falaba comigo —nin se molestou en ir detrás dunha columna nin nada—. Fíxome moita gracia. A piques estiven de botarme a rir, mais tiven medo de que outra vez me desen ganas de vomitar.

—¿Onde están as momias, tío? –repetiu–. ¿Sábelo?

Fixen un pouco o parvo, coma quen que non sabía.

—¿As momias? ¿E que é iso?

—Xa sabes. As momias, tíos mortos, que os meten nas tundas.

Tundas. Tiña gracia. Quería dicir tumbas.

—¿E como é que non estades na escola?

—Non hai escola hoxe –respostou o mesmo, o que falaba sempre. Mentía coma un cabrón, seguro. Pero o caso é que eu non tiña nada que facer ata que chegase Phoebe, así que axudeinos a atopa-lo lugar onde estaban as momias. Tío, mira que fora alí unha chea de veces, mais xa había ben anos.

—¿Tanto vos interesan as tumbas?

—Si.

—¿O teu amigo non sabe falar?

—Non é o meu amigo. É o meu irmán.

—¿E non sabe falar? —Mirei para o que non falaba nada.

—Sei, mais non me apetece.

Ó fin atopámo-lo sitio das momias e entramos.

—¿Sabedes como enterraban ós mortos os exipcios?

—Non.

—Pois é moi interesante. Vendábanlle-la cara cuns panos tratados cunha sustancia química secreta, e así podían ficar enterrados nas tumbas miles de anos sen apodreceren nin nada. Ninguén sabe facelo, agás os exipcios. Nin a ciencia moderna.

Para chegar onde estaban as momias había que pasar por un corredor estreito todo cheo de lousas ós lados, traídas das tumbas dos faraóns. Metía medo, e de seguido vin que aqueles dous xa non estaban tan animados. Arreconchegábanse contra min, e o que non falaba tíñame collido da manga.

—Veña —dicíalle o irmán—. Eu xa as mirei. Veña. —Deu a volta e saíu a todo correr.

—Ten máis medo có demo —dixo o outro—. Adeus —e foise.

Entón só ficaba eu dentro da tumba. Dalgún xeito gustoume, pois estaba tranquilo. E daquela non podedes imaxina-lo que vin na parede. Outro "F..." escrito con xiz vermello, xusto debaixo da parede de cristal, na pedra.

Iso é o que pasa. Non se pode atopar un sitio bo e tranquilo, porque non o hai. Podes pensar que o hai, mais cando chegas, mentres ti miras para outro lado, virá calquera e escribirá "F..." diante do teu fuciño. Se non, probade algunha vez. Penso que aínda que morra e me metan nun cemiterio, nunha tumba que poña

215

"Holden Caulfield" e mailo ano en que nacín e o da miña morte, debaixo porá "F...". Estou seguro.

Cando saín do sitio das momias tiven que ir ó servicio. Se queredes que diga a verdade, tiña un pouco de diarrea. Iso non me importaba moito, pero pasou outra cousa. Ó saír, xusto ó chegar á porta, desmaieime. Tiven sorte. Puiden dar coa cabeza contra o chan e só caín de lado. O pavero foi que me sentín mellor despois do desmaio. O brazo doíame un pouco da caída, pero sentíame moito mellor. Xa eran as doce e dez, así que voltei á porta, a agardar alí por Phoebe. Pensei que había se-la derradeira vez que a mirase. E a tódolos meus parentes. Supuxen que algún día os atoparía outra vez, pero logo de moitos anos. Quizais voltase pola casa cando tivese trinta e cinco ou así, se é que alguén se puña moi malo e quería verme antes de morrer, pois esa había se-la única razón para que eu deixase a miña cabana. Mesmo empecei a pinta-lo cadro do día do meu regreso. Sabía que a miña nai poríase moi nerviosa e pediríame entre bágoas que ficase na casa e non voltase para a cabana, mais eu iríame igual. Tomaríao con tranquilidade, diríalle que acougase e logo iría ó outro lado da sala e acendería un cigarro, moi tranquilo. Diríalles que me viñesen facer unha visita á cabana se querían, pero sen moito insistir. O que si faría era deixar que viñese Phoebe no verán, e no Nadal, e na Semana Santa. E tamén deixaría vir a D.B. por se quería ter un sitio tranquilo e agradable para escribir, mais nunca películas, non na miña cabana, unicamente contos e libros. Poñería esa regra: que ninguén puidese facer nada falso na cabana. Se alguén pretendía facer algo falso, entón non podía quedar.

Mirei para o reloxo da entrada e xa era a unha menos vintecinco. Comecei a ter medo de que a vella aquela da escola lle dixese á outra que non lle dese o recado a Phoebe. Igual lle ordenou que queimase a nota ou algo así. E deume medo. Realmente quería ver a Phoebe antes de marchar. E tiña os seus cartos e todo.

Ó final vina, a través da porta de cristal. O que non entendía era que facía con aquela maleta grande. Viña pola Quinta Avenida arrastrando unha enorme maleta, que case non podía con ela. Cando chegou máis preto, vin que era a miña maleta vella, a que tiña cando ía a Whooton, pero non podía entender que carallo estaba a facer con ela.

—Ola –dixo cando chegou onda min. Viña sen alento, do esforzo de leva-la maleta.

—Pensei que igual non viñas. ¿Que maleta é esa? Non preciso de nada. Vou como estou. Non vou levar nin as maletas que teño na estación. ¿Que levas aí?

Pousou a maleta no chan.

—É a miña roupa. Vou contigo. ¿Podo?

—¿O que? –Case caio de cu cando dixo iso, xúrovo-lo. Deume un mareo, e crin que ía desmaiar outra vez.

—Baixei no ascensor de atrás, para que non me vise Charlene. Non pesa moito. Só levo dous vestidos, os mocasíns, a roupa interior e algunhas outras cousas. Cóllea, verás que non pesa... ¿Non queres que vaia contigo? ¿Holden? *Por favor*.

—Non. E cala a boca.

Pensei que desmaiaba de veras. Non quería berrar, nin nada, pero pensei que desmaiaba.

—¿Por que non? *Por favor*, Holden. Non farei nada. Só irei contigo, iso é todo. Se non queres, non levo a roupa. Levarei só...

—Non podes levar nada, porque non vas. Vou eu só, así que está calada.

—*Por favor*, Holden. *Por favor*, déixame ir. Serei moi, moi... Nin sequera...

—Non vas. E cala. Dáme a maleta.

Collinlle a maleta. Por pouco bóurolle. Durante un par de segundos mesmo crin que lle ía bourar.

Ela empezou a chorar.

—Eu pensei que estabas a facer unha obra de teatro na escola. Que facías de Benedict Arnold. ¿Que queres? ¿Non estar na obra? –Iso aínda a fixo chorar máis. E alegreime. De súpeto quería que chorase ata que non lle quedasen bágoas. Case a odiaba, máis ca nada porque marchaba comigo e deixaba a obra.

—Veña. –Empecei a subir outra vez as escaleiras do museo, pensando en deixa-la maleta na consigna e que a recollese ás tres, ó saír da escola. Sabía que non podía ir á escola con aquilo.

—¡Veña! –Mais ela non quería vir, así que fun eu só e deixei a maleta na consigna e voltei para fóra. Aínda estaba alí, de pé, na beirarrúa, e virou de costas cando me acheguei. Fai cousas así.

—Xa non vou marchar a ningures. Mudei de idea. Así que para de chorar e cala. –O pavero é que ela nin estaba a chorar cando lle dixen isto. Pero díxenllo igual.

—Veña. Vou contigo ata a escola. Imos lixeiro, ou chegarás tarde.

Non respostou. Quíxena coller da man, pero non me deixou.

—¿Xa comiches?

Seguía sen dar fala. O único que fixo foi saca-la pucha vermella –a que eu lle dera– e tirarma á cara. E logo viroume as costas de novo. Non dixen nada. Collina e metina no peto.

—Veña, imos. Vou contigo ata a escola.

—Non *vou* de volta á escola.

Non souben que dicir cando tal espetou. Só fiquei alí un par de minutos.

218

—*Tes* que voltar á escola. ¿Queres actuar nesa obra, non? ¿Queres ser Benedict Arnold, non?

—Non.

—Si que queres. E agora, veña. En primeiro lugar, xa non vou a ningures, xa cho dixen. Vou para casa. Axiña que ti vaias para a escola eu vou á casa. Primeiro vou á estación a colle-las maletas, e logo vou directo...

—Dixen que non vou á escola. Ti podes face-lo que queiras, pero eu non vou á escola. Así que cala.

Foi a primeira vez que me dixo que calase, e soou-me moi mal. Aínda peor que se dixese un xuramento. Pero seguía sen mirar para min, e cada vez que lle poñía a man no ombreiro ou así, non me deixaba.

—Escoita. ¿Queres dar un paseo? ¿Queres ir ó zoo? Se che deixo non ir á escola esta tarde, ¿deixarás toda esta tolería?

Seguía sen respostar, así que repetín:

—Se che deixo colga-la clase esta tarde e ir dar un paseo, ¿cortarás toda esta tolería? ¿Volverás á escola mañá coma unha boa rapariga?

—Poida que si e poida que non –dixo, e logo cruzou a correr a rúa sen mirar sequera se viñan coches. Ás veces é así de tola. Pero non a seguín. Sabía que me seguiría ela a min, así que fun camiñando para o zoo, e ela tamén, pola outra beirarrúa. Facía coma quen que non me miraba, pero estaba seguro de que non me perdía de vista. Así fomos todo o camiño ata o zoo. Só houbo un intre no que me aquelei. Foi cando pasou un bus e non a vin por un tempo. Pero cando chegamos ó zoo berreille:

—Phoebe. Vou ó zoo. ¡Veña! –Fixo coma que non miraba, mais eu sabía que me escoitara e, cando baixaba polas escaleiras do zoo, dei a volta e vin que xa viña detrás, cruzando a rúa. Non había moita xente no zoo

219

porque non facía bo día, pero aínda había uns cantos ó redor da piscina dos leóns mariños. Eu ía pasar sen parar neles, pero vin que ela se interesaba por como comían os leóns (un tío botáballes peixes), así que voltei para atrás. Supuxen que era un bo momento para achegármonos. Púxenme detrás e pousei as mans nos seus ombros, mais ela agochouse e ceibouse de min (xa vos dixen que pode ser moi teimosa cando lle dá unha destas). Seguiu alí, mentres lles daban de comer ós leóns, e eu detrás. E xa non volvín poñerlle as mans no lombo, porque fuxiría de min. Os nenos son raros. Hai que ter coidado co que se fai con eles. Cando nos fomos de onde os leóns mariños, seguía sen querer camiñar ó meu lado, pero xa non ía tan lonxe. Ela ía por un canto da beira e eu polo outro. Non era gran cousa, pero era mellor que ir a unha milla de distancia, coma antes. Fomos para arriba e mirámo-los osos, que están nun outeiriño, aínda que non había moito que mirar. Só un dos osos estaba fóra, o polar. O outro, o pardo, estaba metido na cova e non había quen o fixese saír. Só se lle vía o cu. Había un neno pequeno ó meu carón, cun sombreiro indio entalado ata as orellas, que lle dicía ó seu pai:

—Faino saír, papá. Faino saír.

Mirei para Phoebe, pero non riu. Xa sabedes como fan os nenos cando están encabuxados, que nin rin nin nada.

Logo de deixa-los osos marchamos do zoo e cruzamos por riba dunha pequena ruína que hai no parque, e tamén pasamos por un deses túneles que sempre feden a mexo, e fomos ós cabaliños. Phoebe seguía sen falar, mais agora camiñaba canda min. Agarreille o cinto por detrás da chaqueta, pero non me deixou.

—Quítame as mans de enriba, se non che importa.

220

Seguía de malas, aínda que non tanto coma antes. Xa estabamos preto dos cabaliños e sentíase esa música de tolos que sempre poñen. Estaban poñendo *¡Oh, Marie!* Era a mesma canción de cincuenta anos antes, cando *eu* era un cativo. Esa é unha cousa dos cabaliños, que sempre poñen as mesmas cancións.

—Pensei que os cabaliños estaban pechados no inverno –dixo Phoebe. Era a primeira vez que dicía algo. Ía esquecendo que tiña que estar incomodada comigo.

—Quizais é porque é Nadal.

Pero xa non dixo máis. Seguramente lembrou o seu incomodo.

—¿Queres montar neles? –Sabía que lle había gustar. Cando aínda era moi pequena, e Allie e D.B. e mais eu a levabamos ó parque, xa toleaba polos cabaliños. Non había quen a quitase de alí.

—Xa son demasiado grande.

Pensei que non ía respostar, mais respostou.

—Non, non es. Colle, vai. Agardo por ti. –Había uns poucos nenos montando, a maioría moi pequenos, e algúns pais agardaban abaixo, sentados nos bancos. Fun ata onde vendían os tiques e merquei un para Phoebe. E deillo. Estaba mesmo ó meu lado.

—Aquí tes. E colle o resto dos cartos tamén. –Ía-lle da-lo resto do diñeiro.

—Gárdao ti. Gárdao ti... Por favor.

Iso é deprimente, cando alguén di "por favor". Quero dicir cando é Phoebe ou alguén coma ela. Deprimiume moito, pero metín o diñeiro outra vez no meu peto.

—¿E ti non vas montar? –preguntoume. Ollábame dun xeito raro. Notábase que xa non estaba *demasiado* incomodada comigo.

221

—Ó mellor monto na próxima volta. ¿Te-lo tique?

—Teño.

—Pois vai. Eu fico aquí, neste banco. Estarei a ollar para ti.

Fun sentar no banco e ela foi ós cabaliños. Deu unha volta enteira e logo montou nun cabalo castaño vello, todo escarallado. Empezou a cousa, e mireina dar voltas e máis voltas. Só había uns cinco ou seis nenos máis, e puxeron a canción *O fume entra nos ollos*, que soaba moi pavera. Tódolos nenos tentaban colle-la anela de ouro, e Phoebe tamén, e tiven medo de que caese do condenado cabalo, pero non dixen nin fixen nada. A cousa cos nenos é que, se queren colle-la anela dourada hai que deixalos e non dicir nada. E se caen, pois que caian, pero é mellor non dicir nada.

Cando rematou, baixou do cabalo e veu a correr onda min.

—Esta vez monta ti tamén.

—Non. Prefiro mirar. –Deille uns poucos máis dos seus cartos.

—Aquí tes. Merca máis tiques.

Colleunos.

—Xa non estou incomodada contigo.

—Xa o sei. Vai á présa. A cousa vai empezar outra vez.

E entón deume un bico, e sacou a man e dixo:

—Está a chover. Está empezando a chover.

—Xa o sei.

E o que fixo entón, case morro da risa, foi colle-la pucha vermella do meu peto e poñela na cabeza.

—¿Non a queres ti?

—Podes levala un pouco.

—Moi ben. Pero apura agora, ou vas perder esta volta. Igual despois non es capaz de montar no cabalo.

Mais seguía alí.

—¿É verdade o que dixeches? ¿Xa non te vas? ¿Vas para casa despois?

—Vou. –E era verdade. Non estaba mentindo. Fun para a casa logo.

—Veña vai á présa. Xa empeza.

Correu, mercou o tique e chegou de volta ós cabaliños xusto a tempo. Deu toda a volta outra vez ata chegar ó mesmo cabalo. Montou e saudoume coa man, e eu saudeina tamén.

Tío, empezou a chover a caldeiros, xúrovolo. Tódolos pais e mailas nais e todo o mundo correu a meterse baixo do tellado dos cabaliños, para non mollarse, pero eu fiquei no banco un bo anaco. Púxenme coma un pito, especialmente o pescozo e os pantalóns. A pucha de caza deume unha boa protección, pero púxenme pingando. Non me importaba, tan ledo estaba a mirar para a Phoebe dando voltas e máis voltas. Se hei dici-la verdade, case me apetecía berrar. Non sei por qué, pero estaba tan *curriña*, alí, dando voltas coa súa chaqueta azul. Teriades que vela.

Capítulo 26

Isto é todo o que vos vou contar. Poderíavos contar tamén o que fixen ó chegar a casa, e como me puxen malo, e a que escola vou ir para o outono, mais non me apetece. De verdade, iso xa non me interesa agora.

Moita xente, especialmente este tío psicanalista que teñen aquí, anda sempre a preguntarme se me vou aplicar cando volte á escola en setembro. Na miña opinión é unha pregunta estúpida Quero dicir que ¿como vai un sabe-lo que vai facer ata que o fai? Nunca se sabe. Eu *penso* que me vou aplicar, mais ¿como sabelo seguro? Xuro que é unha pregunta estúpida.

D.B. non é tan coñazo coma o resto, pero tamén fai moitas preguntas. O sábado veu cunha inglesa que traballa na película que el está escribindo agora. Un pouco parva, pero moi guapa. O caso é que nun intre en que ela foi ó servicio, D.B. preguntoume que pensaba de todo isto que vos acabo de contar. Eu non souben que carallo dicir. Se queredes que diga a verdade, nin *sei* o que penso. E sinto terllo contado a tanta xente. O único que podo dicir é que sinto morriña de tódolos que vos falei. Ata de Stradlater e Ackley, por exemplo. Mesmo do Maurice. É pavero. Nunca lle contedes nada a ninguén. Se o facedes acabaredes sentindo morriña de todo o mundo.